J'AI PEUR DES MOUCHES

DU MÊME AUTEUR

Dans la même collection :

Laissez tomber la fille.
Les souris ont la peau tendre.
Mes hommages à la donzelle.
Du plomb dans les tripes.
Des dragées sans baptême.
Des clientes pour la morgue.
Descendez-le à la prochaine.
Passez-moi la Joconde.
Sérénade pour une souris défunte.
Rue des Macchabées.
Bas les pattes.
Deuil express.
J'ai bien l'honneur de vous buter.
C'est mort et ça ne sait pas.
Messieurs les hommes.
Du mouron à se faire.
Le fil à couper le beurre.
Fais gaffe à tes os.
A tue… et à toi.
Ça tourne au vinaigre.
Les doigts dans le nez.
Au suivant de ces messieurs.
Des gueules d'enterrement.
Les anges se font plumer.
La tombola des voyous.
Le secret de Polichinelle.
Du poulet au menu.
Tu vas trinquer, San-Antonio.
En long, en large et en travers.
La vérité en salade.
Prenez-en de la graine.
On t'enverra du monde.
San-Antonio met le paquet.
Entre la vie et la morgue.
Tout le plaisir est pour moi.
Du sirop pour les guêpes.
Du brut pour les brutes.
J'suis comme ça.
San-Antonio renvoie la balle.
Berceuse pour Bérurier.
Ne mangez pas la consigne.
La fin des haricots.
Y a bon, San-Antonio.
De « A » jusqu'à « Z ».
San-Antonio chez les Mac.
Fleur de nave vinaigrette.
Ménage tes méninges.
Le loup habillé en grand-mère.
San-Antonio chez les « gones ».
San-Antonio polka.
En peignant la girafe.
Le coup du père François.
Le gala des emplumés.
Votez Bérurier.
Bérurier au sérail.
La rate au court-bouillon.
Vas-y Béru !
Tango chinetoque.
Salut, mon pope !
Mange et tais-toi.
Faut être logique.
Y a de l'action !
Béru contre San-Antonio.
L'archipel des Malotrus.
Zéro pour la question.
Bravo, docteur Béru.
Viva Bertaga.
Un éléphant, ça trompe.
Faut-il vous l'envelopper ?
En avant la moujik.
Ma langue au Chah.
Ça mange pas de pain.
N'en jetez plus !
Moi, vous me connaissez ?
Emballage cadeau.
Appelez-moi, chérie.

T'es beau, tu sais !
Ça ne s'invente pas !
J'ai essayé : on peut !
Un os dans la noce.
Les prédictions de Nostrabérus.
Mets ton doigt où j'ai mon doigt.
Si, signore.
Maman, les petits bateaux.
La vie privée de Walter Klozett.
Dis bonjour à la dame.
Certaines l'aiment chauve.
Concerto pour porte-jarretelles.
Sucette boulevard.
Remets ton slip, gondolier.
Chérie, passe-moi tes microbes !
Une banane dans l'oreille.
Hue, dada !
Vol au-dessus d'un lit de cocu.
Si ma tante en avait.
Fais-moi des choses.
Viens avec ton cierge.
Mon culte sur la commode.
Tire-m'en deux, c'est pour offrir.
A prendre ou à lécher.
Baise-ball à La Baule.
Meurs pas, on a du monde.
Tarte à la crème story.
On liquide et on s'en va.
Champagne pour tout le monde !
Réglez-lui son compte !
La pute enchantée.
Bouge ton pied que je voie la mer.
L'année de la moule.
Du bois dont on fait les pipes.
Va donc m'attendre chez Plumeau.
Morpions Circus.
Remouille-moi la compresse.
Si maman me voyait !
Des gonzesses comme s'il en pleuvait.
Les deux oreilles et la queue.
Pleins feux sur le tutu.

Hors série :

L'Histoire de France.
Le standinge.
Béru et ces dames.
Les vacances de Bérurier.
Béru-Béru.
La sexualité.
Les Con.
Les mots en épingle de San-Antonio.
Si « Queue-d'âne » m'était conté.
Les confessions de l'Ange noir.
Y a-t-il un Français dans la salle ?
Les clés du pouvoir sont dans la boîte à gants.
Les aventures galantes de Bérurier.

Œuvres complètes :

Vingt et un tomes déjà parus.

SAN-ANTONIO

J'AI PEUR DES MOUCHES

ROMAN

ÉDITIONS FLEUVE NOIR

6, rue Garancière - PARIS VIe

Edition originale parue dans notre collection Spécial police sous le numéro 141.

ISBN : 2-265-02724-3

Il est souhaitable que les personnages de ce récit soient fictifs !

Le contraire serait vraiment trop moche !

S.-A.

PREMIÈRE PARTIE

CHAPITRE PREMIER

Dans lequel il est question que je fasse travailler la S.N.C.F., et dans lequel aussi il n'en est plus question !

Le fait de louer ses places de train lorsqu'on mijote un grand parcours offre un gros avantage : celui de vous assurer de la place assise, mais il présente par ailleurs l'inconvénient majeur de vous empêcher de choisir vos compagnons de voyage.

Ainsi les places 127 et 128 que la compagnie des chemins de fer de l'Etat nous a réservées, à Félicie, ma brave femme de mère, et à moi-même, sont-elles solidement encadrées par un curé qui en est déjà à la page 95 de son bréviaire, un monsieur soucieux, une dame âgée munie d'un caniche nain et d'une éruption d'eczéma (ce qui est préférable à une éruption volcanique) et enfin d'une maman dont le petit garçon émet déjà la prétention de vouloir jouer au cow-boy dans le compartiment.

Charmante compagnie, vous pouvez le constater, grâce à laquelle le trajet Paris-Nice va me paraître extrêmement bref.

Félicie, qui est la courtoisie faite femme, adresse un salut respectueux au curé, un sourire à la maman, une caresse au chien et se met à farfouiller dans son immense sac à main, histoire d'y dénicher un bonbon pour Buffalo Bill. Le réticule de Félicie, c'est un poème. On y trouve de tout : des brosses à habits, des stylos sans plumes, des stylos sans encre, des plumes sans stylos... des morceaux de sucre, des pilules pour le foie, la vésicule, le pylore, l'intestin grêle et le gros colomb (né à Gênes en... en Italie, et inventeur de l'œuf au garde-à-vous). On y trouve aussi un livre de messe, un livret de caisse d'épargne, un carnet de métro et un bouquin flétri narrant la vie édifiante de la bienheureuse Lenturlu, cette religieuse qui découvrit, en une seule nuit, un remède contre les hémorroïdes et la recette du veau Marengo.

Tandis que moman explore son sac, je déploie un hebdomadaire consacré à la reine d'Angleterre. Le baveux nous apprend tout sur elle ; du reste l'article s'intitule : « Elisabeth, comme si vous étiez Philip », c'est vous dire !

J'en suis au chapitre consacré à son breakfast et le train est parcouru d'un lent frémissement lorsque les haut-parleurs de la gare se mettent à aboyer :

— M. le commissaire San-Antonio est demandé de toute urgence dans le bureau du chef de gare !

Je sens mon âme qui se fripe comme du papier de soie dans la main d'un épileptique. Félicie est devenue toute pâlotte.

— Il est arrivé quelque chose ! bégaie-t-elle.

Je hausse ces larges épaules qui me valent la sympathie des dames et la considération des messieurs.

— Que veux-tu qu'il soit arrivé ! Le vieux a besoin de moi, c'est couru.

— Il savait que tu prenais ce train ?

— Il sait tout ! Comme j'ai fait réserver les places par le standardiste de la grande taule, il aura pu se renseigner facilement.

— Qu'est-ce que tu fais ?

Je bigle mon cadran. Il m'indique que le train part dans dix minutes.

— Attends, m'man, je vais aux nouvelles et je reviens.

Sous les regards intéressés de l'assistance, je saute du wagon et, coudes au corps, je fonce vers le burlingue du chef de gare. Les haut-parleurs remettent le couvert à mon sujet. Ça me fait tout drôle de les entendre gargouiller mon blaze dans ce tohu-bohu !

J'arrive en deux minutes chez le galonné de la station.

— Commissaire San-Antonio ! annoncé-je.

Il me salue profondément et désigne un combiné téléphonique débranché.

— Votre correspondant est resté en ligne, monsieur le commissaire !

Je chope l'os d'ébonite et je mugis « Allô ! » dans la passoire.

C'est le Vieux. Sa voix glacée a, pour une fois, une inflexion vivante.

— Dieu soit loué ! s'exclame-t-il.

— Mes places aussi, le sont, riposté-je du tac au tac.

Ça le débranche sur le style banquise.

— Annulez vos vacances, San-Antonio, j'ai besoin de vous !

D'ordinaire, vous me connaissez. J'ai beau être rouscailleur comme tous les Français, lorsque mon chef me tient ce langage, je mets mon petit doigt sur la couture de mon futal et je dis : « Présent. » Mais dans cette atmosphère de gare, avec ma vieille Félicie installée au milieu de nos bagages, de notre curé, de notre caniche nain, de notre cow-boy et de notre eczéma sexagénaire, je suis nettement porté sur la mutinerie.

— Voyons, chef, j'étais dans le train...

— Je le sais !

Un court silence.

Il ajoute :

— C'est grave, San-Antonio. C'est très grave...

Vaincu, j'expulse un de ces soupirs dont les chleus se servaient avant la guerre pour gonfler le Graf Zeppelin.

— J'arrive, chef !

Un petit merci à cette truffe de chef de gare qui aurait pu téléphoner à sa poule lorsque le chef a composé son numéro, et, tel un émule de Zatopek, je fonce jusqu'à la voie 17 où mon rapide piaffe d'impatience... Félicie s'est mise à la portière.

— Alors ?

— Pas de bol, m'man, faut que je reste... File, je te rejoindrai dès que possible... Tiens ton billet, passe-moi ma valise...

Elle a des larmes dans les yeux, la pauvre. Je renifle un bon coup ma rancœur.

— Tout de même, soupire-t-elle en me

refilant ma valoche, c'est pas un métier de chrétien, Antoine !

— Non, m'man, c'est même pas un métier du tout... Enfin ne te tourmente pas et prends du bon temps au soleil... Je pense que je serai libre pour Pâques ! Tu m'achèteras un œuf en chocolat... Surtout pas une cloche, j'en ai trop dans mon espace vital...

Elle sourit tristement. Là-dessus, le dur a la bonne idée de déhoter. Un jet de vapeur... Un bruit de ferraille, un mouchoir blanc qui flotte au bout d'une main usée par la vie... puis plus rien qu'un pauvre cornichon de San-Antonio paumé sur un quai de gare...

Je m'ébroue et je fonce me faire rembourser mon bifton. Ensuite je frète un taxi pour me faire conduire chez les Royco !

***

Je tombe sur Bérurier au moment où il sort du café d'en face. Il me flanque une tape qui manque me faire cracher un poumon.

— Et alors, ces vacances, c'est pour bientôt, Mec ?

Je l'étranglerais avec plaisir.

— Ce sera pour le jour où ta couennerie fera relâche, Gros !

Sans se fâcher, il ôte le morceau de feutre moisi qui lui tient lieu de bitos. Je remarque alors qu'il s'est fait tondre au double zéro. Comme ça, il ressemble à un goret, en moins photogénique.

— Tu t'es fait déboiser la colline, Béru ?

— C'est une blague d'Alfred, le coiffeur...

— L'amant de Berthe ?

— Oui. J'ai eu le malheur d'aller me faire tailler les douilles le 1er avril...

— Si les merlans se mettent à faire des poissons d'avril, où allons-nous ! soupiré-je.

Tout en devisant, nous franchissons le seuil de la Grande Cabane.

— Note bien, fait le Gros, manière de se rassurer, ça fortifie la plantation...

— De ce côté-là t'es paré, on n'a jamais vu un taureau chauve !

Je le quitte devant le bureau. Je dépose ma valise au vestiaire et je grimpe chez le vioque.

Le grand boss m'attend, les pattes au dos... Il paraît dans tous ses états et son front ivoirin est ridé comme un accordéon dans sa housse.

Il me reçoit avec une petite grimace

pouvant passer pour un sourire à condition de la regarder dans un miroir déformant.

— C'est très chic de votre part, San-Antonio...

Je fais la courbette d'usage et j'attends.

— Asseyez-vous !

Je pose sur une chaise ce qui me sert à ça, je croise les jambes, les bras, les doigts et le regard du Vieux.

— Si j'ai fait appel à vous, San-Antonio, c'est qu'il se passe une chose ahurissante. L'affaire que je vais vous confier est unique dans les annales de nos services ! Et quand je dis unique, croyez-le, je pèse mes mots !

Je sais qu'il a le vocabulaire riche en superlatifs, pourtant, cette surenchère dans l'épithète affûte ma curiosité.

— Connaissez-vous Jean Larieux ?

Je ferme les carreaux et, sous mes stores baissés je reconstitue la frime du gars. Je revois un grand garçon blond au visage aigu et au regard clair.

— Oui, chef... C'est un de vos agents d'Allemagne orientale ?

— Exact. Un type très bien...

— J'ai entendu parler de lui, il paraît en effet que c'est une épée !

— Il lui est arrivé une aventure extraordinaire... Une aventure épouvantable.

Bon, il remet la gomme. J'attends que ça se tasse un brin.

— Larieux avait eu vent qu'un laboratoire de la région de Dresde travaillait à la mise au point d'une arme biologique terrifiante. Lorsqu'il m'eut communiqué le renseignement, en accord avec l'I.S., je lui ai donné l'ordre de se documenter coûte que coûte sur cette arme et le laboratoire qui la mettait au point…

» Il s'est attelé à cette tâche avec tout le zèle dont il est capable. Il est même parvenu, non seulement à repérer ledit laboratoire, mais, de plus, à y pénétrer… Ç'a été un travail de grande classe… Larieux a pu s'emparer d'une ampoule témoin fabriquée dans ce mystérieux bâtiment. Malheureusement, en sautant le mur, l'ampoule en question, qu'il avait logée dans sa chemise, s'est brisée, lui causant une petite coupure sans gravité à la poitrine. Le liquide vert qu'elle contenait s'est répandu… Larieux n'a eu que la ressource de m'apporter sa chemise aux fins d'analyse…

Le Vieux s'arrête de jacter pour redonner de l'aisance à ses éponges. Il passe sa paluche sur son front moite.

— Alors ? insisté-je, crevant de curiosité.

— Alors, San-Antonio, c'est à partir de là que nous entrons dans le fantastique... Tous les gens qui ont touché à cette chemise, tous ceux qui approchent Larieux meurent !

Là, il la boucle. Il peut se permettre une minute de silence et même faire des mots croisés si ça lui chante. J'ai eu ma ration de stupeur.

Je reste sur ma chaise, à baver des ronds de concombre.

— Ils meurent ! répété-je, comme pour me pénétrer du sens absolu du terme.

— Oui. La chemise a été communiquée à un laboratoire biologique.

» Le médecin qui a commencé les travaux d'analyse, ses deux assistantes et l'homme de salle ayant déballé le paquet sont morts dans les huit heures qui ont suivi leur prise de contact avec la chemise souillée.

— C'est pas possible !

— Hélas si !

» Il y a encore plus grave : quatorze personnes ayant approché Larieux sont décédées dans les mêmes conditions et dans un laps de temps identique... Quatorze ! plus les quatre du laboratoire, cela fait dix-huit victimes...

— Mais lui, comment se porte-t-il ?

— Lui ? Fort bien, ce qui est incroyable... Il est simplement porteur de germes mortels sur la nature desquels nos savants les plus éminents se perdent en conjectures ! J'ai saisi de la chose des sommités américaines, anglaises, suédoises... Personne ne peut me fournir d'explications valables... Tout ce que l'on a pu déterminer, c'est que les victimes meurent lorsqu'elles approchent Larieux de moins de dix mètres. Leur décès a lieu par suffocation. Elles sont prises d'une forte sudation, elles grelottent, claquent des dents et entrent dans une courte période comateuse. Les premiers symptômes se manifestent environ deux heures après la pénétration en zone contagieuse...

Je me lève, glacé du haut en bas par cette terrifiante nouvelle.

— En effet, chef, c'est abominable... Ça dure depuis combien de temps ?

— Trois jours !

— Seulement ! Dix-huit victimes en trois jours !

— Il y en aurait eu davantage si le médecin qui a visité Larieux (et qui en est mort) ne l'avait fait mettre immédiatement en quarantaine ! Il se trouve enfermé dans une chambre isolée d'un hôpital parisien. On communique avec lui par téléphone et on lui passe la nourriture par la fenêtre... Larieux parle de se suicider...

— Je le comprends.

Le Vieux réfléchit.

— Quand je parle de dix-huit victimes, je ne compte pas celles qu'il a dû fatalement faire en rentrant d'Allemagne...

— Il faut intervenir, dis-je.

— Oui, il le faut...

Le Vieux s'assied sur le coin de son bureau. Il met sa main sur mon épaule.

— San-Antonio, je vais vous charger de la mission la plus périlleuse, la plus dramatique aussi de votre carrière !

Je me retiens de respirer.

— Oui ?

— Vous allez vous débrouiller, d'une façon ou d'une autre pour aller en Allemagne orientale *avec Larieux !*

J'en ai les noix qui font bravo.

— *Av... av... avec Larieux !*

— Par avion... Vous serez isolés pendant le voyage et parachutés dans la région du laboratoire. Lui seul peut vous y conduire et vous y faire pénétrer. Le jeu consistera à rester à plus de dix mètres de votre compagnon de route !

Je ne peux m'empêcher d'ironiser :

— Vous appelez ça un jeu, patron ?

Il balaie l'objection d'une envolée d'aile, comme une pipelette consciencieuse balaie un caca de chien sur le trottoir.

— Lorsque vous serez dans ce laboratoire, vous le ferez sauter, poursuit le Vieux. J'ai des cartouches d'explosif spéciales, peu encombrantes et d'une efficacité inégalée.

Je le considère d'un œil incrédule. Franchement, les gars, j'ai les nougats sur la terre et il est rare que j'aille faire du rase-mottes dans les rêves fallacieux ; pourtant, ce qu'il vient de m'apprendre et ce qu'il me demande d'accomplir dépasse à mon avis les frontières du possible.

— Autre chose, poursuit le Vieux. Larieux ne… ne devra pas revenir de cette expédition… Vous me comprenez ?

C'est le bouquet. J'ai grande envie de lui cloquer ma démission, mais la pensée qu'il me prendra pour un déboutonné du calbar me retient.

— En effet, chef, vous ne m'avez encore jamais confié une mission aussi délicate.

— San-Antonio, je sais combien elle est périlleuse, mais il faut tout mettre en œuvre pour gagner la partie. Réussissez et vous serez un bienfaiteur de l'humanité. Je sais de source sûre que cette arme bactérienne en est au stade expérimental, il est temps d'écraser cette horreur dans l'œuf !

Je secoue la tête. Le voilà parti dans les discours tricolorisants. Si je le laisse faire, il va nous faire jouer *la Marseillaise* par la musique de la garde républicaine.

— Je suppose qu'il faut agir vite ?

— Le plus vite possible... A tous les points de vue. Larieux est dans un état dépressif qui me fait craindre le pire. S'il mettait fin à ses jours, tout serait perdu !

— Où est-il ?

— Dans un pavillon isolé à Beaujon. Je crois que c'est là-bas que vous devez installer votre P.C. pour entreprendre les préparatifs. J'ai alerté le ministère de l'Air. On mettra un appareil à votre disposition. Vous avez carte blanche. Je vous demande surtout une chose : n'oubliez jamais que Larieux est un danger vivant ! Un danger de mort ! Pour vous comme pour ceux qui pourraient l'approcher. Nous ne devons plus risquer de vie humaine. Agissez en conséquence. Vous avez carte blanche, mon cher ami. On ne vous marchandera ni argent ni main-d'œuvre. Vos ordres seront exécutés sans discussion aucune... Seulement, lorsque vous « travaillerez » en Allemagne, songez que la France est en dehors du coup, n'est-ce pas ? En cas de coup dur, ne l'oubliez pas !

— Soyez sans crainte, patron !

Il me serre la main un sacré bout de temps, comme deux personnages officiels le font devant la caméra de télé pour faire croire à ce connard de public qu'ils s'adorent.

Je m'en vais, tête basse, avec le sentiment pénible qu'il vient de me choir un turbin de première classe sur le dôme !

CHAPITRE II

Dans lequel, en remontant le moral de Larieux, j'envoie le mien au rez-de-chaussée.

De retour à mon bureau, je considère ma valoche avec une tristesse si hideuse que Françoise Sagan renoncerait à la saluer !

Planté devant un morceau de miroir, Bérurier se contemple. Il aperçoit mon lumineux reflet.

— Alors ? questionne-t-il. T'as un boulot neuf, Mec ?

— Tout neuf, Gros... Tellement neuf que j'ose à peine y toucher.

Je décroche mon bignou et je demande au standard qu'on me fasse préparer une bagnole avec chauffeur. Je me sens las, mou, flottant et j'ai envie de me reposer le plus possible.

Aujourd'hui, l'existence ressemble à la

hure de Bérurier. Y a des jours où l'on se demande à quoi elle sert. On se dit qu'il devait y avoir un mode d'emploi mais qu'il a été égaré au cours de la livraison.

Le Gros continue de faire sa connaissance devant l'éclat de miroir ; si j'en juge à sa mine satisfaite, il doit être son genre. Tant mieux. C'est réconfortant de trouver des individus capables de coltiner vaillamment une frime comme la sienne. Lui, il est violacé, cradingue, cornard et pourtant la vie lui semble une merveilleuse aventure. Il est archibon pour le service humain. Il n'est pas perméable à la notion de précarité qui ruine tant d'esprits maussades, dont le mien quelquefois.

*
**

A l'hôpital Beaujon, je rencontre le directeur. Avisé de ma visite par les soins du Vieux, il m'attend fébrilement. Son étrange pensionnaire le consterne. Il n'a visiblement pas fermé l'œil depuis l'arrivée de Larieux dans son hostellerie.

— Monsieur le commissaire, s'écrie-t-il, je vous en conjure, débarrassez-moi de ce client ! Vous rendez-vous compte du danger qu'il représente ? Supposez un instant qu'en proie à une dépression nerveuse il oublie toute prudence et se mette à déambuler dans mes services !

— Rassurez-vous, fais-je, je prends tout en main à partir de maintenant. Pouvez-vous mettre à ma disposition une pièce dont la fenêtre ferait face à celle de Larieux ?

— Mais certainement. Je vais vous faire conduire dans une chambre du pavillon H... Vous serez à une trentaine de mètres du malade...

— Il y a un téléphone intérieur me permettant de communiquer avec lui ?

— Oui.

— Parfait. Je vous serais reconnaissant de m'envoyer chercher des jumelles... Ce sera tout !

Il accède à ma demande et me conduit lui-même à la chambre annoncée. Celle-ci comporte un lit, une chaise, une table de chevet. Elle sent le fade et la maladie. Je suis de plus en plus déprimé.

Le directeur ouvre la croisée et me désigne une fenêtre en face de la mienne.

— Vous voyez, c'est la quatrième fenêtre en partant de la gauche ! Il occupe la chambre 87, vous n'aurez qu'à la demander à la standardiste... Plus besoin de rien, monsieur le commissaire ?

— Non, c'est parfait.

— Je suis à votre disposition...

Il se retire et je reste seul avec mes jumelles et le poste téléphonique.

Je contemple un instant la fenêtre indiquée. Ses vitres dépolies interceptent le regard. C'est une fenêtre comme une autre. Qui pourrait croire, en la regardant, qu'elle cache l'un des secrets les plus troublants de la science moderne ?

Je grommelle :

— Salauds, va !

C'est aux hommes que je m'adresse. Aux hommes en général, ces sales bipèdes qui ne savent plus qu'inventer pour se détériorer. Le Bon Dieu leur a refilé le plus beau de tous les biens : la vie ! Et eux, en compensation, se mettent le bulbe en survoltage pour semer le plus tocasson de tous les maux : la mort !

En soupirant, je décroche le combiné. Une gentille voix de femelle fait allô ! et je lui dis de me passer le 87. Je ne peux voir son minois, évidemment, pourtant à la façon dont elle répète « le 87 » je sens qu'elle fait la grimace.

Un court silence suit, puis Larieux décroche. D'une voix sans timbre il grogne :

— Oui ?

— Larieux ?

— Oui.

— Ici, San-Antonio !

— Bonjour...

Il paraît totalement amorphe. Je lui annoncerais que je suis le maréchal Tito, ça le laisserait aussi froid... Ma mission commence. Avant tout, je dois lui remettre le moral au beau fixe, c'est ce qui urge le plus.

— Ecoutez-moi bien, Larieux. Je suis chargé depuis tout à l'heure de m'occuper de vous...

— Alors soyez gentil, dit-il, faites-moi parvenir un pétard que je me fasse sauter la caisse une bonne fois.

Ça me donne l'allant nécessaire.

— Ça, mon vieux, c'est la solution la plus facile. On peut toujours l'employer... Mais j'en ai une autre à vous proposer...

Un court silence.

— Vous m'entendez, Larieux ?

— Oui.

— Commencez par ouvrir votre fenêtre que je voie un peu votre gueule.

— Où êtes-vous ?

— Dans le bâtiment juste en face de vous... Et j'ai des jumelles marines...

La fenêtre s'ouvre. Je braque mes jumelles sur lui. Il a une figure décomposée. Il ne s'est pas rasé depuis trois jours et sa barbouse profuse lui donne l'air d'un homme des cavernes en plus négligé.

— Je vous vois très bien, mon vieux... M'est avis que vous faites une bouille trop déprimante.

— J'ai ce qu'on appelle une tête de circonstance, San-Antonio. Ce qui m'arrive...

— Ecoutez, je me doute que depuis trois jours vous avez gambergé à ça de fond en comble, alors si vous voulez bien, larguons le passé, un peu le présent, et tournons-nous vers l'avenir !

— Un type comme moi n'a plus d'avenir.

— Seriez-vous une lavasse ? On m'avait pourtant annoncé un crack !

Je ne le quitte pas de la lorgnette. Il baisse la tête et des larmes coulent dans sa barbe.

— Je me doute de ce qui se passe sous votre chignon, vieux frère. Maintenant il faut agir !

— Agir !

Il a relevé la tête. Curieux, ce dialogue qui s'échange à distance.

— Comment pourrais-je agir ?

— En faisant exactement ce que je vais vous dire, Larieux ! Nous allons filer en Allemagne, vous et moi !

— Mais...

— Laissez-moi jacter, bonté divine ! Vous êtes pire que Jean Nohain ! Voilà comment je vois le programme : une bagnole arrivera dans la cour. On écartera le public et vous sortirez de votre chambre pour y prendre place. Vous irez alors jusqu'à un terrain d'aviation qui vous sera désigné. Vous n'aurez qu'à me suivre à distance... Vous stopperez au milieu du terrain et vous flanquerez le feu à l'auto : on mettra des bidons d'essence à cet effet... Ensuite vous irez à un avion déterminé dans lequel je vais faire aménager une cabine pourvue d'un revêtement de plomb. Nous communiquerons par phonie car je serai également dans l'avion. Le pilote nous conduira dans la région de Dresde et nous larguera en rase campagne, de nuit... Vous avez déjà sauté en parachute ?

— Oui... Et après, San-Antonio ?

Son ton se modifie. J'y sens percer un vague espoir. Car l'espoir, voyez-vous, bande de clodos, est chevillé au cœur de l'homme le plus déprimé. Mon baratin resserre les écrous de son pessimisme.

— Après, Larieux, nous irons dans ce laboratoire à la noix et nous nous débrouillerons pour trouver l'antidote de leur saloperie !

— S'il existe !

— Il existe fatalement, car les chimistes qui travaillent là-bas seraient tous groggy depuis longtemps !

— Mais c'est une véritable forteresse... J'ai réussi par miracle !

— Je suis un spécialiste des miracles, moi aussi ! En tout cas, stoppez vos objections, mon petit, et comprenez une bonne fois qu'*il n'y a rien d'autre à faire !*

— C'est juste.

— Si nous échouons, il nous restera la ressource de faire sauter la baraque, non ? Ce serait déjà ça !

Il répète d'une voix terrible.

— Oui, San-Antonio, ce serait déjà ça, et ça mérite le dérangement !

— Alors vous êtes d'accord ?

— Agissez comme bon vous semblera, je vous obéirai !

— Merci, petit. Ne vous cassez plus le bol. J'ai dans l'idée que nous réussirons...

— Puissiez-vous dire vrai !

Avant de raccrocher, je lui demande :

— Voulez-vous de quoi lire ?

Il émet un ricanement amer.

— Non, je ne trouverais jamais d'histoire plus corsée que la mienne. Quand partons-nous ?

— Je vais essayer de goupiller ça pour l'autre nuit... Il faut le temps d'aménager l'avion...

— J'attends !

— O.K., refermez votre fenêtre.

Il raccroche, et tandis que j'en fais autant, il repousse la croisée.

Votre petit San-Antonio joli sent brusquement un grand coup de pompe dans ses flûtes. Je m'allonge sur le lit au drap rugueux et je pense au drame de ce garçon d'en face. Il est pratiquement mort. Son agonie est lucide. Il assiste à son lent retrait du monde. Ce qui me chiffonne, c'est de lui avoir faire miroiter la guérison. Si jamais nous parvenons à pénétrer dans ce fameux laboratoire, j'aurai autre chose à glander que de lui chercher la potion calmante.

Au bout de quelques minutes de relaxation, je vais retrouver mon chauffeur. Il m'attend en lisant la vie secrète de Brigitte Bardot dans un baveux de cinoche.

— Ministère de l'Air, lui dis-je.

Il jette Brigitte sur la banquette arrière et se colle au volant.

Tandis qu'il roule, je pense à Félicie dans son wagon, entre le curé et l'eczémateuse. Dans quelques plombes elle renichera l'œillet de la Côte, la veinarde.

Puis ma pensée revient à Jean Larieux.

— Vous êtes venu voir un malade à vous, m'sieur le commissaire ? s'informe le chauffeur.

J'ai un léger hochement de tronche.

— Un malade à moi, oui...

— Qu'est-ce qu'il a ?

— Un truc dans le genre des oreillons, en plus grave...

— C'est ennuyeux chez les adultes, souligne mon chauffeur. Ça peut avoir des conséquences, paraît-il, sur le plan sexuel !

CHAPITRE III

Dans lequel je fais un voyage
comme je n'en souhaite un à personne ;
pas même à mon percepteur !

Il fait une belle notche avec un clair de lune à tout casser. Là-haut, le Bon Dieu a fait astiquer les loupiotes, changer les ampoules et braquer les projos sur la planète Terre. Oui, c'est la nuit de gala. Je donnerais n'importe quoi et le reste pour me baguenauder sur la Riviera avec une marchande de bonheur au lieu de piétiner la cour de cet hosto en attendant l'heure H.

Je songe, en biglant le ciel velouté, à tous les trucs également veloutés que je pourrais faire à la donzelle de mes rêves. Comme j'ai les rêves tournants, je la vois tantôt brune comme toute l'Espagne, tantôt d'un blond à faire râler la fée Marjolaine.

Néanmoins, brunes ou blondes, toutes possèdent certains points communs : elles sont carrossées par Ferrari et quand elles se laissent embrasser, les thermomètres sautent à qui mieux mieux comme les bouchons de champagne dans un banquet d'anciens combattants.

Ma breloque annonce dix plombes. Je zieute le petit pavillon occupé par Larieux. Seule une fenêtre est éclairée : la sienne. Et derrière ce rectangle de clarté laiteuse, j'aperçois son ombre dansante qui grossit ou s'amenuise. Il doit être vachement nerveux, le frère ! Encore plus que moi, je le parierais !

Je lui ai bien filé les consignes et, à en juger à sa voix, il est bien décidé à les suivre.

Tout le bâtiment est encerclé par des bignolons qui battent la savate au clair de lune en pensant à leurs bergères qui les attendent dans la tiédeur de la couche commune !

Encore un quart d'heure à tuer, si je puis me permettre cette métaphore hardie. Je vais jusqu'à ma chambre et je décroche le tube. La standardiste est au courant et, sans que j'aie besoin de claper, elle me branche sur la turne de mon pauvre collègue. L'ombre s'éloigne de la fenêtre, de l'autre côté de la cour. La voix de Larieux est nette. Il a récupéré toute son énergie.

— Larieux ?

— Oui.

— J'ai oublié de vous faire régler votre montre sur la mienne. J'ai dix heures quatre !

— O.K. !

— Comment vous sentez-vous ?

— Pas mal.

— Obéissez-moi aveuglément et tout ira bien ! J'ai un porte-voix pour vous crier des instructions en cas de changement de programme.

— Entendu.

— Autre chose, si pour une raison ou pour une autre nous sommes obligés de stopper en allant à l'aéroport, je vous préviendrai en vous faisant un signal avec une lampe de poche, vu ? Ne vous serrez pas de trop près.

— Soyez sans crainte.

— Dans votre voiture, conservez les vitres fermées...

— D'accord...

— A tout de suite. Vous partez à dix...

— Je le sais.

*
**

Je raccroche. Maintenant les dés sont jetés. Comme je parviens dans la cour, les motards que j'ai demandés à la Routière radinent. Il y en a quatre. Je leur fais signe de me suivre jusqu'à la vieille traction mise à la disposition de Larieux.

— Deux d'entre vous passeront devant ma voiture pour dégager le peu de circulation qui pourrait subsister... Cette auto-ci, ayant un seul homme à son bord, nous suivra... Les deux autres motards fermeront le cortège. Mais avis à ces derniers de ne pas s'approcher de ce véhicule... Ne cherchez pas à comprendre, sachez seulement que ce serait dangereux pour eux. Si, par hasard, le conducteur de cette traction essayait de nous fausser compagnie — il faut tout prévoir —, prenez-le en charge et abattez-le. Surtout ne l'approchez pas, même mort, compris ?

Ils ont compris. Je leur sais gré de ne pas me poser de questions ; ils ont du mérite à s'abstenir, vu le paquet d'ahurissement que je viens de leur coller sous le casque !

Je vérifie mon équipement. Je porte pardessus mon costume de ville une combinaison de mécano ; dans les poches, j'ai mon matériel complet d'aventurier : un revolver de *first quality* avec trois chargeurs, deux grenades à main, deux cartouches d'explosif, une corde en nylon pourvue d'un grappin pliant, un flacon de scotch et un paquet de marks dans mon passeport belge établi à un faux nom. D'une main je tiens le porte-voix, de l'autre la loupiote.

La lumière s'éteint dans le pavillon de Larieux.

J'embouche le porte-voix.

— Attention ! lancé-je aux bourdilles qui cernent le bâtiment.

Ils ont des consignes précises. Ils savent qu'à aucun prix ils ne doivent laisser Larieux s'approcher d'eux. Notez que j'ai confiance en mon malheureux collègue. Mais l'humain est faible. Un homme dans sa situation peut perdre la tête... Voilà pourquoi il est bon de tout prévoir.

Une haute silhouette sort du pavillon H. Cette silhouette, les gars, c'est celle de la mort en personne. Oui, la mort sous les traits de Larieux...

Il est sanglé dans un imperméable, coiffé d'une casquette sport et il a un cache-col enroulé devant la bouche.

Il fait quelques pas vers le centre de la

cour, hésite, s'arrête. J'embouche encore mon porte-jactance.

— L'auto est à droite du bâtiment, Larieux. Installez-vous au volant et faites tourner le moteur... Lorsque vous serez paré, lancez un signal de phares...

Il obéit. Rien n'est plus tragique que ce grand garçon qui marche d'un pas calme à la voiture. La portière claque. Le moteur ronfle... Appel de phares. Tout va bien.

Je prends place dans la tire de la grande cabane et je donne l'ordre de décarrer... Les motards ouvrent la marche... Nous suivons... La traction noire s'ébranle à son tour. Je la surveille par la vitre arrière.

Loin, derrière, les deux phares des seconds motards zigzaguent dans l'obscurité...

Nous allons chercher les boulevards extérieurs et nous les suivons jusqu'à la porte de Versailles. Ensuite nous empruntons de petites voies secondaires, absolument dégagées à cette heure, qui nous conduisent à Villacoublay, terrain choisi pour notre envol.

Quelques projecteurs ont leur rayon braqué sur un Dakota rangé en bordure de la piste. Des hommes s'affairent tout autour. Je fais un signal à Larieux avec ma loupiote.

Il stoppe sur le terrain. Les motards nous ont lâchés et attendent, à proximité de l'entrée du camp d'aviation.

Je descends de ma voiture et je dis à mon chauffeur de mettre le grand développement. Ensuite j'ai recours à mon entonnoir.

— Larieux, vous m'écoutez ?

Il crie : « Oui ». Sa voix déchirée par la brise nocturne est pitoyable comme une plainte.

— A l'arrière de la voiture, vous trouverez un jerrican d'essence. Arrosez votre guinde, allumez et dirigez-vous vers l'avion. Vous stopperez à une vingtaine de mètres de ce dernier ; je vous donnerai d'autres instructions ensuite.

Tous les personnages qui assistent à cette étrange aventure suivent Larieux d'un regard anxieux. Nous le voyons s'affairer autour de l'auto... Il asperge la traction d'essence. Un instant passe, rien ne se produit... Il fait quelques pas dans ma direction. Instinctivement ma main droite saute sur la crosse de mon pétard.

— Que se passe-t-il, Larieux ?

— Je n'ai pas d'allumettes, crie-t-il.

Je regarde autour de moi.

— Bon, attendez, je vais aller en poser dans l'herbe, je laisserai la lampe électrique allumée à côté de la boîte pour que vous la trouviez plus facilement.

Il attend. Les pans de son imperméable flottent dans le vent. Je coupe sur la droite pour le contourner et je pose la boîte d'alloufs promise sur l'herbe pelée du terrain.

— Allez-y !

Il va ramasser les allumettes. Quatre minutes plus tard, un large brasier bondit dans la nuit claire, s'enfle, pétille... Larieux, comme indiqué, se dirige vers l'avion. Il s'arrête à bonne distance du zinc et attend. Je demande au pilote s'il est prêt. Il répond par l'affirmative.

— Alors, grimpez, lui dis-je. Notre passager doit prendre place en dernier ressort, c'est préférable...

Lorsque le pilote est à son poste j'ai une ultime fois recours au porte-voix.

— Ecoutez, Larieux... Je vais monter... en laissant la porte ouverte. J'irai m'asseoir dans le poste de pilotage. Vous, vous refermerez la lourde et gagnerez directement une cabine aménagée dans la queue du zinc... Fermez-en également la porte et attendez le décollage. Ensuite nous pourrons communiquer par phonie, d'accord ?

— D'accord...

Je me hâte jusqu'à ma place. Je m'assieds, boucle ma ceinture et me retourne pour regarder comment s'effectue l'opération.

Larieux entre. A la lumière terne des petites ampoules, il est d'une pâleur cadavérique. Ses yeux étincellent et un rictus lui tord la bouche.

Il me regarde un court instant. Nous sommes à douze mètres l'un de l'autre. J'espère que le Vieux a dit juste en m'affirmant que le rayon de contagion est de dix mètres. Bêtement je m'arrête de respirer. Larieux hoche la tête, me fait un petit signe.

— Merci, San-Antonio...

Il fonce vers la queue de l'avion. La porte basse l'oblige à se casser en deux. J'ai vu la loggia, elle est grande comme une cabine téléphonique et beaucoup plus basse. La porte revêtue d'une pellicule de plomb se rabat. Cette couche de plomb est-elle une judicieuse initiative ? Je l'ignore... Nous avons pris cette précaution à tout hasard... Espérons que oui !

Le pilote m'interroge du regard, je fais un signe d'acquiescement. Il lève le bras pour prévenir les gars du terrain. Ceux-ci ôtent les cales.

Le moteur de gauche se met à tourner,

puis celui de droite... L'avion remue, roule doucement, prend de la vitesse et je vois les feux du terrain qui se barrent à toute vibure... Nous lâchons le sol... Cette fois, nous sommes dans l'aventure jusqu'au trognon inclus.

Je coiffe le casque d'écoute, il est pourvu d'une tige d'acier recourbée destinée à présenter le bouton du contact.

— Allô ! Larieux ?

— Oui...

— Ça s'est bien passé ?

— Très bien.

— Vous avez attaché votre ceinture ?

— Ça n'est pas la première fois que je prends l'avion, vous savez !

— Je m'en doute... Vous voyez le paquet plié sous votre siège ?

— C'est mon parachute ?

— Exact. Vous savez le fixer ?

— Bien sûr !

— Alors vous l'endosserez le moment venu. Je vous préviendrai... Vous remarquerez qu'on a aménagé une trappe spéciale à votre place ; c'est par là que vous sauterez... Elle est commandée par deux verrous, vous les voyez ?

— Je les vois.

— O.K... Je vous ai mis aussi un petit

flacon de scotch à côté du parachute. Vous pouvez l'utiliser tout de suite si ça vous chante !

— Merci, je ne bois jamais d'alcool.

— Vous avez tort. J'ai idée qu'un coup de raide ne vous ferait pas de mal.

Il ne répond rien. Moi je ne sais plus quoi lui dire. Le pilote a reçu les indications de Larieux par téléphone. Il sait en quel point précis de l'Allemagne il doit nous larguer. Ensemble nous avons potassé la carte de la région. D'après les renseignements fournis par mon camarade, le laboratoire se trouve entre la frontière tchèque et Dresde, sur le versant allemand des Sudètes, plus exactement à une vingtaine de kilomètres de Bautzen. Avec ce vieux clou, il nous faut deux bonnes heures pour y parvenir... Deux heures, en pareil cas, sont plus longues qu'une vie de paralytique...

Les moteurs tournent rond. Le clair de lune est merveilleux... En bas, les petits bonshommes terriens en écrasent ou bien font des fantaisies à leurs nanas.

Je me mets à rêvasser. Mes pensées sont molles comme de la colle et tout aussi poisseuses. Le ronron de l'avion m'engourdit. Soudain, la voix de Larieux retentit, angoissée.

— San-Antonio !

— J'écoute !

— Je me sens mal !

Il ne manquait plus que ça. J'avais pensé à tout sauf à cette éventualité de Larieux tombant en digue-digue... S'il compte sur mézigue pour lui administrer un vulnéraire, il se cloque les médius dans l'œil jusqu'au slip.

— Qu'éprouvez-vous, vieux ?

— Des... heu... vertiges... J'ai la tête qui me tourne et je sens une nausée...

— Buvez un coup de gnole...

Je perçois le faible bruit de la bouteille qu'il débouche.

A toute allure, je tâche de me remémorer les symptômes ressentis par ceux qui ont claboté du mal qu'il sème. Sudation, a dit le Vieux. Etouffement ! Il n'a parlé ni de vertiges ni de nausées.

— Larieux !

Un gémissement me répond.

— Ça ne va pas ?

— Pas fort...

— Vous avez bu un peu d'alcool ?

— Oui.

— Je viens de réfléchir, c'est l'altitude qui vous fait ça... Et puis le fait que vous soyez dans un espace réduit... Ouvrez la petite lucarne d'aération qu'on a pratiquée dans la paroi de gauche...

Un instant se passe encore. Je n'ose lui demander de ses nouvelles, c'est lui qui m'en donne.

— Je me sens un peu mieux. San-Antonio, je crois que vous aviez raison : ça venait du manque d'air...

Je libère un profond soupir.

— Vous voyez ! Il ne faut pas vous démoraliser, mon petit vieux, plus qu'une heure et demie de patience et nous nous trouverons à pied d'œuvre..

Je devine que le son de ma voix est le dernier lien qui l'attache à ce monde.

— Oui, fait-il, parlez-moi, San-Antonio... Sinon je crois que je vais ouvrir la trappe sans passer le parachute !

— Eh, dites pas de conneries, Jean ! On ne fausse pas compagnie aux aminches de cette façon. Vous me rappelez la blague du zig qui s'apprête à sauter de l'avion pour la première fois. Il demande à son pote :

» — Et si mon parapluie ne s'ouvre pas ?

» — T'as le droit de réclamer ! lui répond l'autre.

Je n'espère pas un rire de lui. D'abord parce que la blague n'est pas fameuse, ensuite parce qu'il faudrait du comique vachement efficace pour dérider un gnace portant la mort sur les endosses. Je me mets à lui dégoiser mille et une balourdises, pour meubler le silence.

A force de jacter, j'en ai la gorge qui me brûle et je dois avoir recours à ma panoplie du parfait petit pochard pour m'humecter la glotte.

Lorsque, épuisé, je la boucle, le cadran lumineux de ma tocante m'annonce que nous ne sommes plus qu'à un quart d'heure du but.

— Dites donc, fait brusquement Larieux, comment communiquerons-nous une fois à terre ?

— Vous tracassez pas, nous aurons chacun un talkie-walkie... Le vôtre se trouve sous votre parachute, n'oubliez pas de l'attacher à votre poitrine avant de sauter !

— Parfait...

L'avion poursuit à haute altitude sa route magistrale. M'est avis que nous devons troubler des radars... Pourtant le pilote, un chevronné de la dernière, connaît son job et paraît magnifiquement calme.

A un certain moment, il se tourne vers moi et me fait signe de passer le parachute. Je transmets l'ordre à Larieux.

— Préparez-vous... nous approchons...

— Moi-même, je charge mon harnachement et je vérifie la fermeture des sangles. C'est la première fois que je vais bouffer de l'espace et ça m'intimide un peu. Je me suis fait expliquer la manœuvre du pébroque, cependant, bien que l'ayant parfaitement pigée, j'ai le trouillomètre au minimum. Dites, les potes, vous ne voyez pas qu'un loustic me l'ait mis en portefeuille ? Pour le coup, on affiche « Descente rapide », avec « Numérote tes plumes » en complément de programme !

Je file un coup de périscope sous moi. Nous survolons une région boisée, mais au loin, une plaine aux doux vallonnements s'amorce.

Le pilote lève la main.

Je lance à Larieux :

— Zieutez bien votre montre ! Vous sauterez dans deux minutes exactement. Maintenant posez votre casque... Et à tout de suite en bas !

— Bonne chance ! dit-il.

C'est fini. Nous voilà coupés momentanément l'un de l'autre. Je m'approche de la trappe spécialement conçue pour moi et je l'ouvre. Un tourbillon d'air glacé s'engouffre en miaulant dans la carlingue. J'ai les carreaux rivés à la trotteuse de ma montre...

Plus que trente secondes avant le plongeon de Larieux. Il a été décidé que je sauterais tout de suite après...

Je bigle un petit coup le carré d'infini ouvert sous mes pas. Je pense à ma vieille Félicie qui doit pioncer dans sa pension Mimosa...

Plus que dix secondes. Je compte posément :

— Neuf, huit, sept, six, cinq, quatre...

Une forme blanche chute soudain de l'avion, comme une fiente. C'est Larieux qui a ouvert la trappe plus vite que prévu. Une sorte de gigantesque drapeau blanc claque au-dessus de lui, puis le drapeau se gonfle, s'épanouit... Ça s'est bien passé pour sa pomme.

Je joins les pieds, je ferme les chasses, je crispe mes doigts sur le levier de déclenchement de mon parapluie, et, *good night !* Me voilà parti dans les grands espaces...

Vous ne pouvez pas savoir ce que c'est fameux... J'ai l'impression de marcher dans l'univers sidéral, d'enjamber des planètes... Il me semble que le sol n'existe plus et que pour toujours je vais me baguenauder dans cet infini moelleux.

CHAPITRE IV

Dans lequel, en retrouvant la vie,
je pars à la recherche de la mort

Le pilote m'avait expliqué :

— Vous compterez lentement jusqu'à six. Puis vous actionnerez l'ouverture de votre parachute.

Or voilà que, tout à mes délices d'homme-oiseau, je perds toutes notions comptables. Brusquement je réalise que ça n'est pas le tout et que si je ne libère pas ma toile, je risque de me faire une entorse avant longtemps. Je tire donc la boucle qui doit m'assurer les joies du vol plané... Seulement il ne se produit strictement rien et je continue de dégringoler avec la légèreté d'un caillou. Du coup j'ai les portes à glissière qui se ferment ! En un éclair, j'imagine l'arrivée au rez-de-chaussée ! Vous parlez d'une bosse, mes enfants !

C'est pas le chemin de la terre, c'est celui du ciel que j'emprunte en ce moment ! D'ici pas longtemps je connais un zigoto qui va carillonner chez saint Pierre pour se faire ouvrir !

« Toc-toc ! » « Qui qu'est laga ? » demandera le barbu. Et mézigue de gazouiller avec accompagnement de harpe :

— C'est le petit San-Antonio d'amour ! Il vient toucher sa paire d'ailes et son luth !

Le clair de lune illumine la terre... Celle-ci vient à ma rencontre dans un tourbillon qui me semble lent et majestueux.

Plus bas, sur la droite, un gros champignon blanc dérive lentement ; c'est cette boîte à microbes de Larieux qui se laisse balancer par son pébroque à ficelles. Non, mordez un brin l'ironie des choses. V'là un gnard contagieux comme y en a encore jamais eu ! Sa vie ne tient qu'à un fil — et pas à celui de son parachute. Il a comme qui dirait un pied dans la tombe et l'autre dans un pot de vaseline... Je suis chargé de lui filer la grande potion calmante, et voilà que c'est son appareil à lui qui fonctionne, alors que le mien fait la grève des bras croisés !

Je me trémousse comme une reine de beauté devant un jury libidineux. Je tire sur des trucs, je tripote des machins, je secoue des choses... Et brusquement je sens une vache secousse dans mes épaules. Au-dessus de moi il se produit comme une espèce de claquement. Ma dégringolade est enrayée... Je lève la tête et c'est pour contempler avec émerveillement un large dôme blanc qui me masque la lune. Je ne lui en veux pas. C'est pas avec la lune qu'on supprime les méfaits de la pesanteur, ni celle de l'attraction terrestre ! Une attraction pareille, elle ferait du bruit à l'Olympia ! Je me demande comment il se fait que Coquatrix Bruno n'y ait encore pas songé !

J'ai eu le grand frisson, les mecs ! Celui qui vous donne soif et envie de vous retirer à la cambrousse dans un bled peinard !

Mollement balancé au bout de mes cordes, je récupère... Mon palpitant fait du zèle... Il cogne tellement fort que j'en ai mal dans la caisse d'horloge. Si je n'avais pas eu la bonne fortune de trouver le parachute de secours, à l'heure où je vous parle, je serais en train de passer votre nébuleuse favorite à l'Immédiat Diamantine pour la faire reluire ! Mes histoires, je vous les bonnirais depuis Saturne ! On intitulerait ça les Potins de la Comète ! Et comme hymne j'adopterai « l'Inter-sidéral », sur l'air de : « C'est nous les Martiens ! »

Le pouvoir de récupération de certains êtres, — dont moi — n'a d'égale que la couennerie de certains autres — dont vous ! En quelques secondes je me réhabitue à la vie. Oubliant mes avatars, je reluque autour de moi... Un étrange silence, d'une ampleur terrifiante, m'environne... Le moteur de l'avion s'est tu, englouti par les nues. Il n'y a dans mes feuilles que le léger sifflement de mon pébroque... Je me détranche un peu et j'aperçois Larieux à quelques mètres de là... Par un étrange fait du hasard, ma chute libre m'a amené dans son quartier... Une même dérive nous réunit...

Brusquement je pense que ce gars est dangereux quand on le fréquente de trop près ! Je me mets à gigoter comme si je voulais m'enfuir hors de son orbite ; mais une force mystérieuse me dirige dans sa direction.

Je me rappelle alors qu'on peut orienter la descente d'un parachute en tirant sur les ficelles. J'en cramponne deux à pleine pogne et je tire dessus. Le résultat ne se fait pas attendre. Très vite je me déroute de lui. Du reste j'approche du plancher. J'en suis à l'étage des frondaisons vertes, lignes à haute et basse tension, flèches de clochers, girouettes de manoir, etc.

Je m'arc-boute... Soudain, à l'approche de la terre, je prends conscience de ma vitesse. J'avais l'impression de flotter mollement, or, en réalité, la descente est rapidos... Je ressens une violente secousse dans les guibolles et je bascule en arrière. Il me semble que mes cannes me sont rentrées dans le baquet, comme les pieds à coulisse d'un trépied de photographe. Ce gland de parachute poussé par le vent me traîne sur le sol... J'ai beau me rebeller, il me trimbale les noix sur les gadins... Je songe à la charge d'explosif dont je suis lesté et mon tracsir me noue la gargante. Un choc malheureux et voyez le feu d'artifice ! C'est en pièces détachées que je monte au ciel. Les élus auront un jeu de puzzle en supplément !

A nouveau, je tire sur les ficelles. Je suis ma propre marionnette. La toile s'affaisse, pantèle et se met à palpiter dans un champ. Voilà, terminus ! Je dégrafe les sangles qui m'emprisonnent et je me remets à la verticale... J'y parviens après plusieurs tentatives. Il me semble que je viens de passer mes vacances dans un concasseur. Je suis vanné, moulu, disloqué... J'ai les guitares qui tremblotent telle de la gelée de groseille… Ma colonne vertébrale doit faire un nœud et je vous parie un enterrement sous la pluie contre un dimanche anglais que mon cou s'est dévissé et que j'ai la figure tournée du même côté que les meules.

Enfin, après quelques exercices d'assouplissement, je me sens mieux… Je roule mon parachute en boule et je le cache dans les broussailles. Le gars qui le dégauchira aura de quoi se faire confectionner une bonne dizaine de limaces.

Ayant souscrit aux exigences de la prudence, je me mets à la recherche de Larieux. J'ai beau sonder l'horizon en carrant ma paluche en visière devant mes lampions, je ne l'aperçois pas…

Je me trouve dans une région déserte. Des champs moutonnent à perte de vue, coupés çà et là de petits bois… J'écarquille les carreaux, mais ni au ciel ni sur le sol je ne repère mon coéquipier… Pourtant il est certainement arrivé à bon port… Occupé par mon atterrissage, je n'ai plus prêté attention à ses évolutions. Serait-il tombé entre les pattes d'un courant d'air perfide qui l'aurait embarqué bien plus loin ?

Je m'accroupis et m'empare de mon

appareil radio. Je sors l'antenne et je me mets à jacter dans l'émetteur.

— Allô ! allô ! Larieux ! M'entendez-vous ?

J'attends un peu. Le récepteur reste muet comme une bouche d'égout. Je refais mon appel.

— Allô ! allô ! Larieux ! m'entendez-vous ? Si oui, répondez...

Silence intégral. Peut-être que Larieux a cassé son propre appareil en touchant le sol ? Peut-être aussi est-ce son crâne qu'il a brisé ?

Je réfléchis : d'après mes calculs, il a dû se poser beaucoup plus à gauche que moi. Or, sur la gauche, à environ un kilomètre, il y a un bois. Il est fort possible que mon marchand de microbes ait atterri à cet endroit. C'est même probable, s'il s'était posé en terrain découvert, je repérerais la tache blanche de son parachute.

Je fonce donc en direction du bois. En quelques minutes je l'ai atteint et j'en entreprends l'exploration... Chose curieuse, tout en souhaitant vivement dénicher mon pote, je redoute de le faire de façon trop brutale. Vous ne voyez pas que je me trouve nez à nez avec lui ? Dites, ce serait une méchante blague, non ? Venir là pour se farcir une haute dose de virus, très peu pour moi, madame Jules !

J'avance lentement, en biglant bien où je mets les lattes. Je préférerais marcher sur un congrès de serpents à sonnettes plutôt que sur Larieux. De temps à autre je siffle dans mes dents... Mais le silence qui m'environne est épais comme les traits d'esprit d'un coiffeur. Je ne décèle que les craquements des branchages remués par la brise ou le vol ténébreux d'un oiseau de nuit sous les frondaisons. Bon Dieu, pourvu qu'il ne se soit pas brisé le cou ! Si près du but, ce serait rageant !

Je continue d'avancer au cœur du bois. Ça sent bon la terre humide et les feuillages pourris. Cette lourde senteur des forêts m'a toujours causé une tristesse indéfinissable.

Je me mets à gueuler :

— Larieux ! Larieux ! Vous êtes là ?

Perdant toute prudence, je cours maintenant à travers les halliers, laissant des lambeaux de ma combinaison aux ronces.

— Laaaarieeeux !

Je t'en fous ! Il a atterri en Pologne, ce cornichon ! C'est pas possible... J'arpente le bois, en soufflant comme un phoque. Et soudain, comme je débouche dans une espèce de clairière pratiquée par les bûcherons, je décèle comme une plainte. Je m'arrête, réprimant mes halètements pour mieux tendre l'oreille.

— Larieux ! C'est vous ?

Un gémissement plus fort me répond... Je bombe en direction de la plainte. Je m'arrête encore... Cette fois je suis dans la bonne direction. Cent mètres plus loin, j'aperçois le parachute du gars au sommet d'un chêne séculaire... Larieux s'est embroché sur la cime de l'arbre...

— Vous êtes blessé ? lui crié-je.

Sa voix étouffée me répond.

— Non, mais je suis coincé dans mes cordages, pas moyen de me dégager...

Je grimpe à un arbre proche examiner la situation de plus près qu'il m'est permis. Je fais la grimace. L'enfant se présente mal ! Comme je vous l'ai dit, la toile du parachute couronne l'arbre. Pas moyen de l'extirper de là. Larieux pend, quelques mètres plus bas, ligoté par ses câbles après une branche.

— Essayez de tirer sur vos cordes !

— Je ne fais que ça depuis un quart d'heure, mais sans résultat. En tombant j'ai voulu m'accrocher aux branchages, je me suis retourné les bras dans le dos et maintenant je me trouve tout à fait coincé ; l'une des cordes a dû faire un tour mort autour de ma poitrine ; plus je tire dessus, plus ça me paralyse !

Je déballe une série de grossièretés que ma bonne éducation, jointe à celle de mon éditeur, m'empêche de reproduire ici. Vous avouerez que, comme manque de bol on ne fait pas mieux ! S'il s'agissait d'un être normal, il me faudrait cinq minutes pour le dégager ! Seulement, pour dégager Larieux, il est obligatoire que j'aille jusqu'à lui. Si je vais à lui, je le sors du pétrin, mais je me tape aussi ses virus, et ces bestioles-là, croyez-moi, c'est pas avec de l'onguent gris qu'on les traite !

Je redescends de mon perchoir et je me cramponne la toiture à deux mains. Qu'est-ce que je pourrais bien essayer pour tirer Larieux de l'impasse ? J'ai beau invoquer saint Louis, qui s'y connaissait pourtant en chêne, ma pile électronique refuse énergiquement de fonctionner. La situation est tellement critique que j'en ai des aigreurs dans le parc à huîtres ! Sapristi, je ne peux pourtant pas me faire la paire en laissant le gars Larieux dans ses ficelles ?

Il rouscaille comme une marchande de poisson ! La voix des chênes c'est bien lui ! Et c'est moi le gland par contre ! Je suis là, dans ce coin paumé d'Allemagne orientale, à me malaxer la matière grise en attendant l'idée géniale ! Vrai, j'ai honte de moi ! Je me fais l'effet de la poule qui a couvé des canards et qui les regarde se tailler sur la mare...

Quand je pense qu'à cette heure, sans les brillants exploits de l'autre tordu là-haut qui joue les cocons sous la lune, je serais dans une bath pension *of family* de la Côte ! Félicie roupillerait pendant que, dans une chambre voisine, je me ferais donner des leçons particulières par une dame convenable !

J'entends craquer les branches sous les ruades de Larieux.

— Ça vient ? je demande mollement, d'un ton qui a peine à réprimer son irritation.

— Hélas non ! Que faut-il faire, San-Antonio ?

— N'insistez pas... Attendez !

— Attendre quoi ?

— Le jour !

— Qu'est-ce que ça changera ?

— On y verra clair !

Il n'insiste pas. Pour lui remettre un peu de courage dans les tripes, j'ajoute :

— Il ne tardera du reste pas beaucoup, il

sera bientôt quatre heures. Vous n'avez pas froid ?

— Au contraire, j'ai tellement gigoté que je suis en nage.

— Eh bien, continuez de remuer, mon vieux, il ne s'agit pas de choper la grippe.

Il émet un petit rire fêlé.

— Vous savez, au point où j'en suis...

Il me vient une question que je ne lui ai pas encore posée :

— Vous êtes marié ?

— Non ! C'est toujours ça, n'est-ce pas, je ne laisserai ni veuve ni orphelin...

— Vos parents vivent toujours ?

— Ma mère, oui...

Je sens une curieuse douceur m'envahir. Une bonne impression de chaud dans la poitrine.

— Comme moi, murmuré-je. Comme moi !

CHAPITRE V

Dans lequel il est prouvé qu'à côté de moi, Buffalo Bill sucrait les fraises !

Dans un bois, le jour met beaucoup plus de temps à radiner. Les heures s'écoulent avec une lenteur déprimante.

Je me suis assis au pied d'un arbre, sur des branchages morts, et je m'efforce de conserver le moral des troupes en lançant des gaudrioles à Larieux.

— Vous êtes comme les chauves-souris, je lui dis, sauf que vous pendez pas par les pinceaux... Mince d'angelot largué du ciel. Si un pégreleux s'annonçait, il vous prendrait pour un Martien en quête de soucoupe !

Il répond mollement. D'après lui, les cordes lui compriment le cimetière à poulets et ça le gêne pour faire du tennis de table ! Moi, je sens une sourde inquiétude me triturer la viande. Pour tout vous dire, les potes, j'ai peur de me faire faire une clé japonaise par les virus du copain. On a beau me dire qu'il ne distribue ses microbes que dans un rayon de dix mètres, après tout ça n'est pas certain ; on n'a pas eu le temps, ni la possibilité de le mettre en observation suffisamment longtemps pour pouvoir l'affirmer de façon irréfutable. Qui sait si, à force de rester à proximité, je ne vais pas avoir droit à un arrivage ? Et puis son mal peut être véhiculé de différentes manières : tenez, les mouches par exemple se le coltineraient que ça ne m'étonnerait pas... Voilà que j'ai peur des mouches, moi le dur de dur ! L'homme qui n'a jamais eu peur de rien, pas même des mouches ! C'est à se taper !

— Vous êtes là ? s'inquiète Larieux.

— Et un peu là, je gouaille.

Il soupire.

— San-Antonio...

— Oui ?

— Dans le fond, cette expédition est idiote. Il aurait mieux valu me laisser disparaître... Une balle dans la tempe, au bord d'un trou. On n'avait plus qu'à remettre la terre par-dessus !

— Vous avez fini de dégoiser des turpitudes pareilles ?

— Si vous pouviez savoir ce qu'on éprouve quand on se dit qu'on n'est plus un homme mais une arme ! Je comprends maintenant que sa propre mort n'est rien en comparaison de celle qu'on donne aux autres !

— Ecoutez, Larieux, faites pas de philosophie là-haut, ça me donne le vertige. Vous n'êtes plus un homme, en effet, mais un gland ! Quand vous serez descendu de votre chêne on s'attellera à un boulot plus sérieux !

— En descendrai-je seulement ?

— Ben voyons ! Comme disait un de mes amis vénitiens : c'est une lagune qu'on va combler !

Un nouveau silence. Un nouveau temps... mort ! L'obscurité du sous-bois commence à faire place à une lumière grise qui coule entre les branchages et met un temps infini à parvenir jusqu'à moi.

— Voilà le jour, annonce Larieux.

— Pour vous peut-être, mais pas pour moi !

— Dites, San-Antonio, ça vous ennuierait que nous nous tutoyions ?

— Au contraire, tu penses...

Il ajoute, d'une voix rauque :

— Moi, ça me fait du bien...

Je me lève, engourdi par l'humidité et l'inaction. Je fais ma petite culture physique et j'allume une gitane. L'astre du jour (comme on dit dans les textes de qualité) dispense ses chauds rayons sur les frondaisons. Je pense qu'il fait assez clair pour se mettre au turbin.

Je ressens une faim de cannibale. Nous avons emporté un tas de choses sauf de la becquetance et j'ai mon durillon de comptoir qui m'adresse une solennelle protestation. Lorsque mon petit camarade sera descendu, il faudra que je me mette en quête d'une charcuterie, les Allemands sont champions dans ce domaine. Les canons, le cochon et les virus filtrants n'ont pas de secret pour eux.

Vous leur donnez vos vieux candélabres, et ils en font une mitrailleuse lourde ; vous envoyez votre ami Isaac en vacances chez eux, et ils en font du savon à barbe ! Des cracks, quoi ! A côté d'eux, nous avons bonne mine, nous autres, avec notre cuisine, nos parfums et notre esprit ! En cas de guerre, c'est pas avec un jeu de mots qu'on gagne la bataille. D'autant plus que, si nos soldats marchent au pas, ils ne savent pas marcher au pas ensemble ! Enfin, le Bon Dieu est avec nous, tout le monde sait ça !

Nous sommes ses petits chouchous, au barbu. Seulement il commence à se faire vieux ! Vous ne voyez pas qu'un de ces quatre matins, il fasse le sourdingue quand on appellera au secours ?

Sale affure, les mecs ! Vaut mieux pas trop y penser ! Vaut mieux se dire que ça continuera toujours ! Quand une habitude est prise, c'est pour longtemps ! Les miracles n'ont lieu qu'une fois, disait l'autre ! Tu parles ! Où est-ce qu'on serait, alors ! En France, le miracle c'est presque une industrie nationale. On n'exporte pas parce qu'on en a trop besoin pour notre consommation personnelle, mais c'est une branche en pleine activité.

Y a des gens qui se font des berlues en s'imaginant que Lourdes est la capitale de cette industrie ! Erreur profonde... Il ne s'agit que d'une sous-agence réservée aux cas isolés... Le miracle nationalisé se fabrique exclusivement au Palais-Bourbon.

Je me déleste de mon appareil émetteur, de mes grenades et autres cartouches d'explosif. Je grimpe à un arbre de façon à me trouver au niveau de Larieux, tout en respectant l'écartement de sécurité.

— Que vas-tu faire ? s'inquiète Larieux.

— Couper tes ficelles, eh, saucisson !

— Comment ?

— Avec mon pétard... J'ai dans ma salle à manger une bath médaille en caramel mou sur laquelle il y a écrit : « Premier prix de tir au pistolet... » Alors tu vois !

J'assure mon feu dans ma main, je m'installe à califourchon sur une haute branche et je repère les cordes tendues. Il y en a un vrai faisceau. Sûr et certain qu'il va me falloir deux chargeurs complets pour cisailler cet écheveau.

— Tu y es ?

— Oui.

— Ne t'affole pas. Simplement, lorsque tu te sentiras dégagé, cramponne-toi aux branches, vu ?

— Vas-y.

Je replie mon coude gauche à la hauteur de ma figure, j'appuie le canon du composteur sur ma manche et je vise soigneusement la première corde. Pour presser la détente, on ne doit jamais avoir un mouvement de l'index, souvenez-vous-en ! Il faut que votre doigt se dilate sur la détente et que le coup parte sans que vous le décidiez vraiment.

Le pétard me saute dans la main. Je bigle

et j'aperçois la corde sectionnée. Je recommence une fois, deux fois... A chaque coup de feu un lien est tranché... Je vous le dis, comparé à moi, Buffalo Bill n'est qu'un pauvre manche ! Je touche la quatrième sans la couper toutefois et je dois remettre ça ! Il ne reste plus que deux ficelles... En deux coups de seringue c'est râpé !

Larieux pousse un cri. Il n'a pas eu le temps de ramener ses bras devant lui, sans doute parce qu'ils étaient engourdis par ces heures d'immobilité. Il ne peut enrayer sa chute et le voilà qui dégringole à travers les branches, comme un sac de sable.

J'entends un grand plouf, puis plus rien...

En quatrième vitesse je déhote de mon perchoir... J'ai un tracsir monumental qu'il se soit tué.

En touchant terre je crie :

— Larieux !

Il gémit.

— Oui, je suis là...

Je regarde à distance et je le vois assis sur le sol avec la jambe gauche à l'équerre. La position de sa guitare me fait comprendre qu'il a la cuisse brisée. C'est plutôt moche !

Il souffre comme un damné. Il est vert et il serre les chailles pour ne pas hurler de douleur. Si je m'écoutais, je chialerais de rage. Rendez-vous compte, les gars, que je ne peux rien pour lui...

— J'ai la jambe brisée, hoquette-t-il. Ah ! ce que j'ai mal, San-Antonio... Qu'ai-je fait au ciel pour mériter tant de malheurs ?

Je sors mon flacon de scotch et je le lui lance adroitement.

— Commence par vider ça... On va aviser...

Il m'obéit et l'alcool paraît lui redonner un peu de couleurs.

Moi je tire mon ya de ma fouille et je me mets à couper deux grandes branches fourchues. Je les élague, les taille... Et je finis par obtenir deux béquilles très rudimentaires.

— Attention, je te les lance !

Il se pare le visage avec les bras et je parviens à jeter les béquilles à côté de lui.

— Je pense que tu pourras marcher avec ça, en serrant fort les dents, non ?

— Je ne peux pas me mettre debout, San-Antonio...

— Attends, je vais t'aider...

Je déroule le filin de nylon que j'ai eu la précaution d'emporter. Il mesure une vingtaine de mètres. J'attache à l'une des extrémités un bout de bois auquel il pourra se cramponner et je lui lance aussi adroitement que les béquilles.

— Bon, maintenant plante tes béquilles en terre pour pouvoir les saisir facilement une fois debout !

Il obéit en grimaçant… Ses dents s'entrechoquent à une cadence accélérée. Je les entends à vingt mètres…

— Tu vas saisir le manche de bois, je tire, tu dois parvenir à te mettre droit !

Je mets tant de conviction dans les paroles que ça le subjugue. En gémissant, il se dresse. Sa pauvre flûte pendouille à son côté comme un fourreau d'épée.

— Mets-toi les béquilles sous les aisselles, gars… Et tâche d'avancer…

Il fait de louables efforts pour m'obéir. Il lance son pied valide en avant, puis essaie de ramener ses bouts de bois, mais il perd l'équilibre et il s'étalerait sans la présence opportune d'un arbre auquel il parvient à s'appuyer…

— Je ne peux pas, San-Antonio… Je ne peux pas ! Ah ! c'en est trop ! Tire-moi une balle dans la tête et fous le camp !

Des larmes ruissellent sur sa pauvre gueule ravagée. J'en ai la poitrine serrée et les mots se coincent dans ma gorge.

— Tu ne peux pas parce que tu souffres... Je vais te refiler des cachets pour te doper. J'ai pensé à tout, tu vois...

Je lui lance la boîte carrée dont je me suis muni et qui contient un doping terrible.

— Prends-en deux et remise les autres...

Il est docile, le pauvre Larieux... Il fait ce que je lui dis et attend contre son arbre moussu. La forêt est tout à fait éveillée maintenant. Les zizes font un ramdam de tous les diables... Des pastilles de soleil éclaboussent le sol couvert de mousse.

— San-Antonio, balbutie mon camarade, jamais on ne pourra réduire cette fracture ! Jamais, tu m'entends !

— Mais si, quand on t'aura guéri...

— Guérir ! Tu en as de bonnes. Qui te dit qu'ils ont un remède contre leur charognerie !

— La logique !

— C'est pas avec de la logique que je m'en sortirai...

La situation est désespérée... Nous voici condamnés à l'immobilité. Oui, c'est ultramoche... Moi qui parlais de miracles, tout à l'heure, je ne moufte plus ! Songez que nous sommes bloqués dans ce bois d'Allemagne orientale, sans secours et sans la possibilité de pouvoir en demander.

— Ça va mieux ?

— Oui, d'un seul coup, je n'ai plus mal !

— Alors marche ! Il le faut, Larieux ! Tu le sais ! Marche !

— C'est ce qu'on a dit à Lazare !

— Et il a marché, mec ! Tu ne vas pas te laisser damer le pion par un gars qu'était même pas français !

Il essaie un piètre sourire... Puis il plante courageusement ses béquilles dans le sol et se met à sautiller. Il parcourt un mètre, puis deux...

— Tu vois que tu peux !

— Oui, ça ira...

— Bon... Je vais te lancer la carte de la région avec notre position cochée au crayon rouge... Repère la route du laboratoire et donne-moi les indications !

Je place un caillou dans la carte et je la lui balance.

Il déploie la feuille coloriée et l'étudie attentivement. J'ai une confiance aveugle dans son jugement. N'oubliez pas, bande d'endoffés du paletot, que cet homme est un drôle de crack dans le job. J'ai tendance — et pour cause — à ne considérer que son côté poids mort, mais je ne dois pas oublier qu'il compte parmi les meilleurs agents secrets du Vieux.

Un assez long moment s'écoule...

— Bon attaque-t-il. D'après mes calculs, nous nous trouvons à cinq ou six kilomètres du laboratoire… Pour y aller, nous allons couper franchement sur l'est… Il doit y avoir une colline dominée par une tour en ruine à l'horizon… On passe à proximité… Ensuite s'étend une zone marécageuse traversée par une route assez étroite… Cette route est coupée d'une barrière semblable à celle d'un poste frontière. Il y a un poste de garde près de la barrière… Pour aller au laboratoire on doit passer devant… Sinon il faut se farcir le marécage et c'est très risqué !

— Comment y es-tu allé la première fois ?

— Je m'étais déguisé en soldat… Je parle allemand sans accent et, de nuit, ça n'a pas été difficile… Seulement, aujourd'hui…

Je me gratte le crâne.

— Nous aviserons sur place ; ensuite ?

— Ensuite on longe la route en question sur cinq cents mètres et on arrive sur un îlot de béton où est construit le labo…

» Des murs de deux mètres l'encerclent… Sur les murs il y a une verrière électrifiée…

— Toujours la même question, comment as-tu pratiqué ?

— Je suis entré par la grande porte, à la faveur de mon déguisement et muni d'un laissez-paser tout ce qu'il y a d'authentique...

— Le Vieux m'a dit que tu avais cassé l'ampoule en sautant le mur !

— Pas le mur : la fenêtre d'une salle d'expérience : quelqu'un arrivait, ç'a été moins une...

Je gamberge un grand coup, comme on avale une rasade de gnole pour se donner du cran.

— Et tu as vu des gens en sortant ?

— Bien sûr, comme en entrant...

— Dis donc...

— Quoi ?

Je n'ose énoncer ce que je pense. Mais il est intelligent et il extériorise ma pensée.

— Oui, ils ont dû claboter... A moins qu'il n'ait fallu un certain temps d'incubation avant que je sois contagieux...

Je raisonne.

— Tu vois bien qu'ils ont un antidote à leur truc... Ils ne peuvent risquer une fausse manœuvre ! Eux aussi pourraient casser une ampoule. Ce serait alors un décès en chaîne général...

— Oui... Tu as raison...

— En route...

Nous nous déplaçons tout doucement. Lui s'évertue avec ses deux branches d'arbre fourchu, geignant, soufflant, râlant, traitant la vie de tous les noms les plus péjoratifs tels que : ordure, chameau, député, percepteur ! Moi, coltinant mon harnachement en me demandant ce que je vais bien pouvoir fiche de cet éclopé pour traverser le marais. Me demandant surtout où je vais pouvoir dénicher de la bouffetance, car j'ai les cannes qui jouent de plus en plus la valse lente ! Ça n'a l'air de rien, mais c'est un problo de la plus haute importance. Lorsqu'un zig a faim, il n'a plus une notion très exacte de la réalité des choses. Il ne pense plus qu'à cet estomac vide qui se tortille.

Tout en clopinant, nous atteignons l'orée du bois. A cet instant je m'arrête, interdit. Devant nous se dresse un gars baraqué comme le champion du monde des lourdingues. Il est âgé d'une cinquantaine d'années et il est chauve comme une pierre précieuse. Il porte des fringues de velours et une hache sur l'épaule. Ses yeux sont dépourvus de cils et de sourcils, ses joues luisantes sont imberbes, bref, c'est la ruine de Gillette que cet être-là !

Ses petits yeux clairs sont dardés sur nous

comme des canons de pistolet... Il doit trouver notre équipage peu catholique et je vous parie une pierre à briquet contre une pierre tombale qu'il songe plus à prévenir les perdreaux du coin qu'à nous chanter : « Pas sur la bouche. » Pour tout arranger, je parle allemand comme un sourd-muet cambodgien et tout ce que je suis capable de faire, c'est de lui montrer mon feu avec une certaine ostentation.

Il commence à se demander si je cherche à le lui vendre, puis il remarque que l'ouverture de l'arme est tournée dans sa direction et il se crispe un brin.

— Parle-lui, crié-je à Larieux. Demande-lui où il crèche, et avertis-le qu'il ne doit pas s'approcher de toi...

Mon pote se met à baragouiner dans la langue qui fit la gloire de Goethe. Le raclé du croûton l'écoute, l'emplacement des sourcils froncés.

Les pensées ont du mal à traverser son cuir. C'est pas du tout le genre intellectuel d'avant-garde, je vous l'annonce. Lui il a appris à lire à la faculté de topinambour de son bled... Quand on le bigle bien, on admet sans plus hésiter que l'homme descende du singe !

Le voilà qui profère quelques paroles gutturales.

— Qu'est-ce qu'il ramène ? je demande à Larieux.

— C'est le garde forestier... Il habite près d'ici... Et il demande qui nous sommes...

— Qu'est-ce que tu lui as répondu ?

— Je lui ai dit que nous étions des aviateurs belges en route pour Moscou. Notre coucou s'est trouvé mal et nous n'avons eu que le temps de sauter en parachute...

— Ça prend ?

— Tu sais, pour savoir ce qu'il pense ! Tu as vu sa gueule !

— Un vrai cauchemar d'hépatique...

— On va chez lui... J'ai les crocs, moi, et je tiens à bouffer d'urgence sans quoi je vais me répandre sur le gazon...

— Comment vais-je lui expliquer mon... mon cas ?

— Dis que tu es un malade qu'on emmenait en Russie pour le soigner... Tu es contagieux... S'il ne veut pas comprendre je lui expliquerai la chose avec des fleurs !

Nouveau bla-bla entre les deux petits copains... Puis l'homme à la hache hoche la tête, hésite et fait demi-tour.

— Alors ? m'enquiers-je.

— C'est d'accord, il nous emmène chez lui.

— Parfait.

On file le train au frisé. Il va trop vite pour ce pauvre Larieux... Je me place à la hauteur de notre guide et, avec des gestes appropriés, je lui explique la chose. Il consent à freiner l'allure.

Si au moins on pouvait aider mon collègue... Mais va te faire voir. Je suis obligé de le laisser s'échiner à travers champs... Il endure un vrai calvaire, ce pauvre Larieux. Quand il radinera chez saint Pierre, il aura droit à un *Ausweis !*

Je n'ose penser à ce qui m'attend... Admettons que je parvienne au laboratoire... Pourrai-je m'occuper de ce sacré antidote ? Je ne parle même pas allemand pour le demander à ces messieurs ! Non, il faudra que j'envoie le labo dans les nuages avec toute la vacherie biologique qu'il contient... Ensuite, le plus tragique de ma mission restera à accomplir. « Larieux ne doit pas revenir ! » consigne du Vieux. Il ne pouvait m'en donner d'autres en effet. Il est impossible de tolérer la vie d'un être qui sème la mort du seul fait de sa présence, n'est-ce pas ? La cause commune prime avant la pitié !

Je surveille Larieux.

— Tu peux encore marcher ?

Il est décomposé. En quelques minutes, il vient de perdre au moins deux kilos.

— Non, San-Antonio, c'est fini...

— Repose-toi...

— Inutile, je suis fini...

— Tu souffres ?

— Même plus... Il me semble que je n'existe plus, tu comprends ? Je n'ai plus la force de vouloir quoi que ce soit, même marcher...

» Sois chic, San-Antonio : passe-moi ton pétard, je m'arrangerai tout seul.

— Jamais de la vie !

— Je te dis !

Je me mets à hurler.

— Et moi je te dis m..., espèce de cloche ! Tu vas t'allonger par terre et m'attendre. Je trouverai bien un chariot quelconque chez Crâne-d'œuf ! Je reviendrai avec et je te traînerai au bout d'une corde. Une fois chez lui on te trouvera un coinceteau peinard où tu seras bien en attendant que je te rapporte de quoi guérir...

Il ne répond rien. Ses yeux se ferment, il

s'abat. Le chauve a un élan louable pour le secourir. Je lui cramponne le bras :

— *Nein, mein herr...* fous-lui la paix... Allez, *go !*

CHAPITRE VI

Dans lequel il est montré que qui veut la fin doit employer les grands moyens.

Effectivement, la casba du tondu est assez proche de l'endroit où il nous a dénichés. On contourne l'angle du bois et on la découvre, en lisière, blottie entre deux mamelles de l'Allemagne, avec un toit en pente raide et un balcon de bois verni.

Une petite étable et un appentis pouvant passer pour une grange s'élèvent en deçà d'un tas de fumier. Je me dis que la grange serait une clinique de fortune pour mon pauvre collègue... Je fonce tout droit à cet endroit et je déniche un chariot à trois roues dont Clodion le Chevelu doit se servir pour véhiculer ses pommes de terre. La roue avant est plus petite que les autres et elle est directrice. Voilà qui convient fort à mes desseins.

Le grand rasé me fait signe d'entrer. Je le suis dans sa maison.

J'y trouve un garçon long de deux mètres, surmonté de magnifiques cheveux rouges, et une robuste fille blonde, bien en chair avec des joues comme des pommes.

Tous deux ressemblent à mon hôte. Le garçon paraît très demeuré. Ses yeux contiennent plus d'abrutissement qu'on n'en saurait trouver dans tout un régiment de gendarmes à pied, il a un rire vertigineusement stupide sculpté dans le visage avec un ciseau à froid. Quant à la fille, sans toutefois donner l'impression d'avoir inventé la pile atomique, elle est visiblement d'un niveau intellectuel plus élevé.

Mon entrée suscite la stupeur de ces braves enfants. Ils me regardent comme si j'étais le fantôme de Bismarck en caleçon de bain. Je leur souris.

— Personne ne parle français dans la boîte ? m'informé-je à tout hasard...

— Si, moi, un petit peu, répond la fille, avec un accent qui me colle des envies de choucroute garnie.

— Pas possible. !

— Si. Je aiservi comme bonne à tout faire dans une famille français à Iéna...

Je suis ravi.

— Mon enfant, c'est le ciel qui vous place sur mon chemin !

— *Was ?*

— Je dis que je suis content.

— Vous êtes français ?

— *Nein :* belge...

Elle a un petit hochement de tête signifiant « C'est la même chose ».

Je lui déballe la vanne des bons mecs emmenant un malade à Moscou pour le soigner. Elle coupe dedans. Ensuite elle me demande où est tombé notre avion. Je lui réponds que je l'ignore mais qu'il ne devrait pas être bien loin. Là-dessus j'ajoute que j'aimerais croquer quelque chose et, pour lui prouver que je ne fais pas un coup de mangave, j'exhibe mon matelas de fafiots.

A la vue des marks ils ont tous les trois le regard qui fait tilt. Je détache un ticket de la liasse et le dépose sur la table.

— Manger, miam-miam ! fais-je.

Elle hoche la tête, regarde son Vieux qui approuve, et s'annonce avec une assiette de charcutaille qui me ferait fondre en larmes. Je coupe une tranche de lard large comme l'avenue des Champs-Elysées et je mords dedans à pleines ratiches. C'est la grosse attraction pour eux. Ils assistent au petit déjeuner du bonhomme avec un tel intérêt que je me crois sur la scène de Bobino, en train d'exécuter le quintuple saut périlleux, les yeux bandés, avec rétablissement sur l'auriculaire gauche.

Ensuite je dis à la fille que j'aimerais emprunter le chariot pour aller récupérer mon pote... Elle en cause à son vieux. Il n'a pas l'air très chaud, Cadoricin ! Pour se décider, j'emploie ma formule magique. Un billet de dix marks en prononçant les paroles sacramentelles, et le voilà qui dit oui comme si c'étaient des messieurs de la Gestapo qui sollicitaient son assentiment.

Je m'empare d'une longue corde à foin, je l'attache au timon du véhicule et je demande aux deux autres hommes, par l'intermédiaire de ma rondelette interprète, de m'aider...

— Vous seriez très gentille de porter un matelas et une couverture dans la grange, dis-je à la *Gretchen.*

— Pourquoi la grange ? Nous avons une chambre.

— Il est malade... contagieux... Il ne faut pas l'approcher...

Elle promet de préparer ce que je lui demande et nous partons.

Larieux gît dans l'herbe. Il dort, assommé par le calmant que je lui ai fait prendre. Je suis obligé de bramer pendant un bout de temps avant de l'éveiller. Enfin il se dresse sur un coude et hurle de douleur.

— Ça te fait mal ?

— Oui, terriblement, la douleur se réveille...

— Prends un troisième comprimé. On va faire descendre ce chariot à ta hauteur. Débrouille-toi pour y grimper ! Ensuite on t'emmènera dans un petit coin tranquille où tu pourras en écraser...

La manœuvre est duraille, mais on arrive tout de même à livrer la voiture au malade. Il y prend place.

— Tu guideras en actionnant la roue avant !

— Oui... Mais fais vite, je suis faible comme une limace !

Pour faire vite, on fait vite ! Ce diable de rouquin a une force de bulldozer. Il traîne le chariot à une vitesse qui ferait rêver Gordini. Le pré est en pente et je redoute que le véhicule ne prenne de la vitesse et dépasse celui qui le tracte.

— Molo ! crié-je au fils de la pierre ponce ! Molo, Fritz...

Heureusement, Larieux freine, avec une de ses béquilles.

Nous arrivons dans la cour de la ferme et le convoi s'arrête devant la grange où la fille a dressé un matelas...

— Descends et couche-toi, dis-je à Larieux. Je vais te lancer de quoi bouffer...

— Si tu crois que j'ai faim !

— Il faut te soutenir... Force pas sur les cachetons, tu deviendrais zin-zin !

— J'ai soif !

— T'auras à boire aussi. Tiens, chope ce bout de corde et attache-le à ce manche de fourche... Je pourrai y passer l'anse d'un panier et le faire glisser jusqu'à toi, *gi ?*

— Entendu. Je te donne bien du mal, hein, San-Antonio ?

— Ecrase !

Je retourne à la cuisine préparer des provisions pour le blessé. Il a droit à un chouïa colis familial. Du genre « L'occase de Noël ». Lard, pain, biscuit... Une bouteille de bière, quelques cerises. Je lui téléphone le tout.

— Régale-toi, gars, et ensuite essaie de te reposer... Je vais étudier un plan d'action. Dès que j'aurai mis un truc pas trop vaseux au point, je te téléphonerai, t'as toujours ton talkie-walkie ?

— Bien sûr !

— O.K...

Comme je rentre dans la strass, j'avise la pierre à huile qui endosse sa vestouse des dimanches et qui cache son pain de sucre sous un bada de feutre orné d'une petite plume.

— Où va-t-il ? je demande à la fille, mordu par une brusque inquiétude...

— Prévenir les autorités...

— Rien ne presse... Dites-lui qu'il ira plus tard...

Elle traduit à son dabe. Il fait la grimace d'usage pour exprimer la plus énergique des réprobations actuellement en usage dans l'Allemagne de l'Est.

Suit un long baratin furax. La fille traduit.

— Mon père dit qu'il trouve votre présence suspecte. Il dit aussi que vous êtes armé !

Je sors mon flingue.

— C'est vrai. Alors qu'il pose son bitos de mousquetaire sinon je m'arrangerai pour qu'il ne soit jamais sexagénaire !

Elle comprend l'essentiel de ma diatribe. Le vieux ne moufte pas...

Il hausse les épaules et va à la cheminée. Il se laisse tomber dans un fauteuil de bois. Bath ! le voilà raisonnable...

Je rengaine mon compliment. A peine ai-je achevé mon geste que le grand rouquin idiot — pas tellement idiot du reste — se jette sur moi et me fait un superbe placage aux tiges. Si ce gnaf n'a pas fait de rugby, il a au moins assisté à un match France-Ecosse à la télé.

J'y vais de mon voyage. Comme je me redresse, voilà le toquard qui se radine avec sa hache. L'acier de la cognée luit dans le soleil. Il lève le redoutable instrument. Sa fille brame :

— *Nein ! Nein !*

Elle se précipite sur sa pomme. Heureusement, car dans la position où je me trouvais, j'étais certain d'étouffer le tranchant de la hache en pleine bouille. Du coup j'allais larguer cent pour cent de mon sex-à-poil !

L'air de la lourde lame me siffle dans les étagères à mégots. La hache se plante dans le parquet à dix centimètres de ma joue. Drôle de caresse ! Sans perdre une seconde, je saute sur mes nougats et je plonge, bille en tête, dans le baquet du chauve. Son durillon de comptoir en prend un vieux coup. Il culbute par-dessus une chaise et étale ses deux cents livres de denrée périssable sur le plancher.

Je m'occupe alors du rouquin. Ce zouave-là ne me revient pas. J'aime les gars qui ont l'air truffe à condition qu'ils soient gentils. Or l'initiative qu'il s'est permise à mon encontre ne l'est pas.

Comme il me charge, je lui téléphone un coup de genou dans l'escarcelle et le v'là qui se cramponne le gros zygomatique en hurlant en chleu parce que c'est sa langue maternelle et qu'il n'en connaît pas d'autres. Du reste, l'allemand est fait pour être gueulé, comme l'italien est fait pour être chanté. Pendant qu'il se masse la prostate je lui mets une mandale dans le pif et son naze joue presto les fontaines Wallace. Le raisin qui en coule est presque aussi rouge que ses tifs.

Il recule en chialant. Sa sœurette ne moufte pas. D'un regard attentif elle suit le déroulement des opérations. Cette grognace, croyez-moi, a un drôle de self-control. Son daron est éteint, son frelot groggy, et pourtant elle ne sourcille pas.

Je me tourne vers elle.

— Je ne vous veux aucun mal, lui dis-je, ni aux uns ni aux autres. Simplement je demande qu'on ne prévienne pas la police... Je vous paierai largement comme j'ai commencé à le faire déjà...

Elle bonnit le bla-bla à son vieux. Le bûcheron caresse son burlingue en hochant la tête. Il m'a l'air aussi franco qu'un discours électoral, ce pèlerin ! M'est avis que s'il continue à me jouer le tour du décapité, je vais lui faire repousser les crins à l'envers !

— Vous n'avez pas une cave fermant à clé ? je demande à la chouette petite souris.

— *Ja !*

— Alors dites à votre paternel de m'y accompagner... Et surtout que votre frangin ne fasse pas des magnes ou alors je fous le feu à la cambuse, vu ?

Je fais un signe avec mon appareil à effeuiller les bulletins de naissance et le vieux crâne d'acajou me suit.

Nous pénétrons dans le cellier. Il ne comporte qu'un soupirail trop étroit pour permettre le passage d'un homme, et une porte fermant à clé. La lourde est massive, avec des gonds mastars comme ceux d'une porte de prison.

— Entrez donc, cher monsieur.

Je le pousse à l'intérieur de la pièce

obscure et je ressors en prenant soin de fermer à clé.

Ensuite je reviens à la cuisine. Le rouquin continue de beugler comme un veau sans mère. Je lui fais comprendre qu'en cas de récidive, je lui donnerai quelque chose pour les vers, et je m'assieds près de la porte d'entrée.

— Larieux ! Tu m'entends ?

— Oui... Que s'est-il passé ?

— Ces messieurs me prenaient pour une bûche de Noël, ils voulaient me faire une permanente à la hache...

— Tu as eu le dessus ?

— Oui. Papa tient compagnie au saloir, ça lui apprendra à vouloir mettre son grain de sel dans nos affaires. Tu te sens comment ?

— Un peu abruti par le troisième cachet... Je ne souffre pas.

— O.K., alors pionce un peu... Tu as mangé ?

— Quelques fruits...

— Bon, si tu as besoin de moi, téléphone !

Je me sens vachement fatigué. Si je ne pionce pas une paire d'heures, je vais tomber en digue-digue à mon tour.

— Dormir, fais-je à la gosse. Avez-vous un lit à me prêter ?

— Oui, mien lit !

— Merci...

Elle me guide jusqu'à sa chambre. Je chope le rouquinos par une aile et l'entraîne. Une fois dans la piaule je lui dis de s'allonger sur le plancher et je l'attache avec ce qui me reste de mon fil nylon. Je le pousse sous le pageot et je m'étends dessus.

— Surtout ne prévenez pas les policiers, *Fräulein,* lancé-je à la *Gretchen,* ça serait dommage pour la santé de votre frère. Vous m'avez sauvé la vie, tout à l'heure et je vous en remercie...

Je fais jouer mes charmeuses et la voilà toute molle. Toi et moite ! Mon charme opère, les gars ! Ne faites pas de bruit...

Elle hésite, bat des cils et me sourit. Négligemment je lui mets la paluche sur les roberts. C'est ferme comme du pneu... J'écarte un peu le corsage : les siens sont à flanc blanc !

Du coup me voilà pour un rapprochement franco-allemand.

Je la pousse contre le lit. Elle me gazouille des protestations sur un ton qui m'encourage à poursuivre la séance.

Quelques caresses magnétiques, manière

de lui faire oublier la couleur du cheval blanc d'Henri IV, puis j'essaie un patin artistique, mis au point par le Grand-Duc Honaut. C'est du délire. Elle me passe une commande que je livre sur l'heure...

Oubliant le frangin qui croupit sous le pieu, joue à joue avec le pot de chambre, je sors ma collection de printemps.

Avec le brio que vous me connaissez, je lui exécute une course de paluche-cross qui m'a valu la Coupe de tweed au concours de Casanova-City. Voyant qu'elle répond admirablement à mes hardiesses, je n'hésite plus : coup sur coup et sans interruption dans le programme, je lui joue : « Toc-Toc, c'est moi », créé à la ville comme à la Seine par Marguerite de Bourgogne ; puis « Fais dos à dos, t'auras du gâteau » ; un exercice des plus périlleux que certains exécutent sans filet ; et enfin, l'apothéose, le grand soleil, le couronnement de ma carrière : « Assieds-toi sur le Compte-Gouttes » ou « Refais-m'le », grand prix de la Ville de Paris !

Dire que ma partenaire est une déchaînée serait exagéré, toutefois, elle ne rechigne pas à la besogne. J'aime les bonnes volontés ; elles sont le plus sûr garant de la permanence de la race humaine. Lorsque après une plombe de ce turbin je quitte le stade, la môme du bûcheron commence à avoir les yeux en forme de gaufrette. Son frangin n'a pas besoin d'aller au cinoche éducateur de la paroisse. Maintenant il sait de façon probante que la plus belle conquête de l'homme n'est pas le cheval, mais la femme !

Je m'endors sur le sein tiède de l'aimable hôtesse.

CHAPITRE VII

Dans lequel je donne une vue plus poussée des grands moyens dont il est parlé au chapitre précédent.

J'ai roupillé plus longtemps que je ne l'avais prévu. Ce sont les meuglements d'une vache germanique dans l'étable qui me tirent du sommeil. J'ouvre les stores et la première personne que j'aperçois, c'est ma *Gretchen*... Elle me regarde dormir avec dévotion. Je lui souris et lui roule un patin Pompadour, une spécialité Louis XV réalisée par Antoinette Poisson. Ça lui botte. Remarquez qu'une Allemande est vite bottée. Elle demande à remettre le couvert. Comme je suis dans ma forme des grands jours, je cherche une nouvelle piécette de patronage dans mon répertoire, et j'opte pour : « Devinez avec quoi je frappe », œuvre historique de grande classe.

Sur ces entrefesses (1), le frangin se met à brailler sous le lit. Je pars aux renseignements et je constate qu'il vient de prendre un ressort de sommier dans l'œil. Il est temps de le délivrer. Je défais ses liens et il se lève en louchant sur sa sœur qui n'a que le temps de rabattre un drap sur sa géographie.

Pas content, le rouquin. Il commence à le trouver un brin sans gêne, le pensionnaire. Il baragouine quelque chose à la frangine. Sans doute flétrit-il son comportement et lui parle-t-il de l'honneur familial qui vient d'en prendre un vieux coup dans les baguettes !

— Qu'est-ce qu'il dit ? m'enquiers-je.

— Il me reproche de ne pas avoir donné à manger à la vache !

Je me mets à rigoler comme un bossu. Je claque le dos du grand dadais.

— Ma vieille lampe à souder, lui dis-je, je suis effaré en pensant à la somme de hasards qu'il a fallu pour que ta mère mette au monde une patate comme toi !

— *Was !* demande-t-il à la frelotte.

(1) Vermot a de ces hardiesses !

Elle hausse les épaules.

— Mon frère peut aller à l'étable ?

— Qu'il y aille, mais que cela ne l'encourage pas à faire la vache avec moi !

Le grand corniaud se prend par la main et s'emmène promener. Lorsqu'il est sorti, je louche sur ma tocante. Elle indique huit heures... On en a écrasé toute la journée, la gosse et moi ! A nouveau j'ai l'estom en perte de vitesse.

Tandis qu'elle remet de l'ordre dans sa toilette, comme disent les écrivains 1900 qui croyaient avoir inventé le sous-marin de poche percée, je vais taper dans la platée de cochonnaille. Ma parole, on se croirait à Lyon ! Un vrai régal !

Je suis en train de colmater ma brèche, lorsque des cris éclatent au-dehors ! Je crois reconnaître la voix de Larieux. Je fonce comme un fou hors de la cambuse et je m'avance vers la remise. Ce que j'aperçois me fait dresser les crins sur le bol. Le rouquin, au lieu d'aller panser la vache, a jugé préférable de s'en prendre à mon collègue. Est-ce pour lui chouraver son fric, ou bien espérait-il trouver un pétard sur lui ? Toujours est-il que les deux hommes sont aux prises. J'en ai une sueur froide ! Le ballot de rouquin n'y coupera pas. Maintenant il vient d'emporter ses virus et dans quelques heures il sera aussi raide qu'un tambour-major anglais ! Et le pire, c'est qu'il risque de nous contaminer.

Je mugis, dominant la vache.

— Halte !

Le rouquin lâche Larieux. Il se retourne, voit mon feu et lève les bras. Il connaît le processus, je n'en espérais pas tant.

Un long silence s'établit alors. Mon pauvre pote suffoque de douleur.

— Le salaud ! grogne-t-il. Il m'a foutu un coup de savate sur le crâne... Heureusement, son pied a buté sur le bord du matelas, sans quoi je ne me réveillais plus.

Il se tait, réalisant l'aspect nouveau de la situation.

— Mais dis donc, San-Antonio, Il...

je fais un signe affirmatif.

— Oui... C'est moche... Va falloir le schlaguer, sans ça il repassera la pestouille à l'honorable société.

J'assiste alors à une scène inattendue et fort déprimante, la victime pleurant sur le sort de son agresseur.

De grosses larmes tombent sur la poitrine de Larieux.

— C'est terrible, gémit-il. Terrible... Moi je veux bien liquider un adversaire, mais pas dans de telles conditions ! Oh non, c'est tocard ! Le buter comme une bête malade, dis, c'est pas possible, San-Antonio...

— Que veux-tu faire d'autre !

— Je ne sais pas... Bien sûr, tu as raison... Et c'est ma faute ! Laisse-moi crever, San-Antonio, je t'en supplie. Je ne peux pas continuer à semer des cadavres le long de ma route...

— Ça n'est pas ta faute, mais celle des vachards que je viens interviewer... Ils me paieront tout ça, espère un peu !

Le rouquinos fait toujours les « petites marionnettes ». Il attend, comme seul un Allemand peut attendre... Il est courageux jusqu'au trognon... Il devine que sa peau ne tient plus qu'à un filet pourtant il ne gémit pas. Peut-être croit-il que Larieux pleure de souffrance ? Il veut opposer sa dignité à nos faiblesses.

Il me vient une idée.

— Larieux, on va se servir de lui...

— Pour quoi fiche ?

— Pour te soigner... Fais-toi arranger ta guibolle entre deux planches ; bien ligaturée... Puisque tu parles chleu, explique-lui, au frère !

— Oh ! tout de même, murmure Larieux.

— Ben quoi ! Faut profiter de l'occasion qui s'offre... Allez, au boulot !

Il se décide à expliquer au rouquin de fortune... L'autre pige très bien et se met au turf... En un tour de main il a saucissonné la flûte de Larieux.

— Tu verras, fais-je à celui-ci, ça ira mieux...

Il soupire.

— Mieux ! Comme si je pouvais espérer une guérison...

— Tu m'embêtes avec tes jérémiades. On doit tous y aller, hein ?

» Si ton heure est venue tu l'auras, ton petit jardin sur le bide ; en attendant tu respires, tu y vois clair, t'as chaud ! La lumière, la chaleur, ce sont des vérités du premier degré, mon petit pote, tu saisis ?

— Merci encore, San-Antonio. Tu trouves toujours les mots qui remontent le moral !

Comme l'autre a fini, je le regarde. Il se croit sorti de l'auberge, maintenant. Je préfère ça.

— Dis-lui qu'il me montre le chemin du village ! Je le farcirai loin d'ici...

Larieux traduit au gars... L'autre

s'avance. Je me hâte de reculer, toujours soucieux de respecter la marge de sécurité. Il tourne le dos à la cambuse et emprunte un chemin creux qui descend vers la vallée.

— Si la frangine rapplique, dis-lui que son frère est allé au village avec moi !

— Entendu...

Le rouquin marche d'un pas presque militaire. Je suis obligé de forcer l'allure pour lui filer le train.

Nous parvenons à un tournant du chemin et il se trouve caché à ma vue. Je ne presse pas l'allure car j'ai peur qu'il se soit embusqué derrière le fourré et qu'il m'agresse. Non, vous ne voyez pas qu'il me saute sur le paletot ?

Seulement, lorsque je débouche du virage, je vois mon zèbre qui bombe comme l'animal du même nom... Il m'a foutu deux cents mètres dans la vue, le bougre... Si je ne parviens pas à le stopper il est chiche d'ameuter les populations !

Je prends ma respiration aussi fort que la capacité de mes soufflets le permet, et je pique le démarrage Mimoun...

Mais cette grande saucisse doit avoir un moteur deux temps dans les guibolles, car il continue à me semer du poivre... Alors je joue mon va-tout... Je stoppe et je le couche en joue... A cette distance ce serait miracle si je l'atteignais. Je presse la détente une fois, deux fois. Il continue de fuir... J'arrête la pistolade pour continuer ma course... Et soudain, je vois le grand connard qui fait des embardées... Il titube, ralentit et s'écroule...

Qu'est-ce que ça signifie ?...

Je m'approche d'une allure circonspecte... Parvenu à vingt mètres du gars je stoppe... Il remue faiblement... J'aperçois une grande tache rouge dans le dos du garçon... Malgré la distance je l'ai fadé ! Il gratte le sol des ongles, et sa pauvre bouille d'asperge plongée dans du minium se soulève un peu. Je suis obligé de penser que je ne fais qu'abréger une agonie inévitable. Mon feu crache une praline. Il l'intercepte avec le bulbe et il rend sa pauvre âme à Dieu.

Je m'essuie le front. Pour tout vous dire et ne rien vous cacher, je suis moins fier de moi que le jour où j'ai décroché le certificat d'études primaires. Buter un grand puceau comme ça, c'est affolant lorsqu'on y songe ! J'en ai des frissons spasmodiques dans les charnières, mais quoi ! je ne pouvais pas agir autrement...

L'endroit où il est tombé est voisin d'une

mare... Je cramponne une longue latte de bois qui sert de barrière à un enclos et je m'en sers comme d'une canne à joute pour pousser ma victime à la flotte. Les grenouilles vont se farcir un drôle de clille !

C'est en continuant de faire bravo avec les genoux que je regagne la maison forestière. Je surprends la môme prends-moi-toute en grande conversation avec mon pote. Elle a respecté la distance heureusement.

Je lui souris.

— Et mon frère ? demande la douce enfant aux seins d'albâtre.

— Je l'ai envoyé au village pour me porter un message. Il doit attendre la réponse et ne rentrera que demain matin, ne vous tourmentez pas !

Ces vannes pour avoir le champ libre dans les heures à venir.

Le soir descend par l'échelle d'incendie. Toute la nature subit les derniers feux du couchant. La campagne vallonnée chante allégrement son hymne au soleil : « Embrasse-moi avant de partir !... »

Je conseille à la bergère d'aller sustenter sa vache, laquelle continue de rouscailler lamentablement. Lorsqu'elle a tourné ses jolis mollets, Larieux m'interroge du regard.

— C'est fait, murmuré-je. Maintenant je dois passer à un autre genre d'exercice...

— Lequel ?

— Dis, on n'est pas venu laga pour effeuiller des marguerites, bonhomme ! Comme le dit l'ami Bérurier, « faudrait voir à voir ».

— Tu comptes aller là-bas ce soir ?

— Et comment ! C'est pas que je m'ennuie chez le garde, mais je crois *sincerely* que plus vite on mettra le grand développement, mieux ça vaudra pour tout le monde...

— Eh bien, partons !

Je tique.

— V'là un pluriel qui me paraît singulier, toujours comme dirait Béru ; j'y vais seul, Larieux... Avec ta flûte cassée, tu n'as pas la prétention d'entreprendre une équipée pareille !

— Je connais les lieux...

— Je sais ; aussi tu vas me les décrire en détail...

Il réfléchit.

— San-Antonio, il faut coûte que coûte que je m'approche du labo, lorsque tu seras dans la place, tu auras peut-être besoin de tuyaux... Nous devons donc communiquer... Or, d'ici, la distance est trop grande pour nos appareils... Je vais filer avec toi jusqu'au marécage... Je trouverai un petit coin où me planquer pendant que tu agiras...

— Tu es fou, et si tu te faisais piquer ?

— Alors je serais bien vengé... Tu te rends compte ? Je demanderais à parler à des huiles... Et naturellement je ne leur parlerais pas de mon mal !

Il est surexcité. Ses yeux ont un éclat fiévreux... Je comprends qu'il se tape une température de canasson. Oui, il vaut mieux l'évacuer de par ici. Si sa fièvre montait et qu'il délire, il pourrait faire un tour de ballot !

— Ça va, allons-y, tu m'expliqueras en cours de route comment se présentent les locaux...

Pendant qu'il se remet debout, je vais rejoindre ma conquête à l'étable. Elle est en train de traire son ruminant pour se faire la main. Je l'embrasse et lui affirme que je vais revenir ; seulement je dois évacuer mon blessé... Cette gosseline est plus crédule qu'un nouveau-né. Elle acquiesce docilement. Elle doit croire que je vais l'emmener avec moi quand je partirai et elle se voit déjà installée à Bruxelles, en train de brader des Manneken-Pis miniatures aux touristes.

Je suis à quinze pas de mon pauvre Larieux. Depuis qu'il s'est fait ficeler la guitare, il se meut avec plus d'aisance.

Ses deux béquilles l'aident puissamment. La fièvre lui donne des ailes...

Nous marchons au clair de lune à travers les prés et passons au bas de la hauteur où se dressent les ruines d'une tour.

Larieux s'arrête au bout d'un instant et me désigne le ruban blanc d'une route.

— C'est le chemin du laboratoire... Tu vois les lumières du poste de garde dont je t'ai parlé ?

— Je les distingue en effet, près d'un bouquet d'arbres...

— Piquons par les marais...

— On va enfoncer !

— Penses-tu... Il ne s'agit que de contourner le poste, ensuite tu rejoindras la route et je t'attendrai...

Il n'y a pas à protester...

— Utilisons nos talkies-walkies maintenant, de nuit la voix porte...

Nous nous arrêtons pour sortir nos antennes et aussi pour respirer un chouïa.

— Allô ! tu m'entends ?

— Oui.

— Bon. Tu m'as dit que les bâtiments étaient entourés de murs munis d'une barrière électrifiée ; et la porte, comment se présente-t-elle ?

— C'est un grand portail de fer... Un second poste de garde se trouve tout de suite derrière.

— Beaucoup de trèpe ?

— Autant que j'ai pu en juger, il doit y avoir une dizaine d'hommes en tout !

— Pas plus ?

— Pour quoi fiche ? Tout est électrifié... Les portes sont munies de signaux d'alerte, les fenêtres itou.

— De sorte que si on essaie de dégonfler un carreau, y a des sirènes qui crient papa ?

— Oui.

— Comment ça s'est passé pour toi ?

— Le jour, les signaux sont débranchés.

— Vu. J'aurais donc intérêt à agir de jour ?

— Dans un sens, oui. Mais il aurait fallu que tu parles allemand, que tu aies un uniforme, un laissez-passer...

— Donc n'y pensons plus...

Je me perds dans un abîme de réflexions.

— Les savants habitent dans l'enceinte ?

— Oui, en retrait, ils ont un pavillon...

C'est une maison moderne peinte en blanc avec des volets à chevrons.

— Et le laboratoire où tu as piqué l'ampoule, où est-il par rapport à l'entrée ?

Il réfléchit.

— En face du portail, il y a une allée principale... Suis-la, c'est le deuxième pavillon à gauche. La salle des ampoules est la deuxième à gauche également dans le pavillon !

— Facile à retenir...

— A retenir, oui, mais pas facile d'y entrer, San-Antonio...

— Bon, je verrai... On continue ?

— Allons !

— T'es pas forcé d'aller plus loin, tu sais. Je suis certain que nos appareils peuvent se capter à cette distance-là...

— Non, j'ai dit que j'irais jusqu'au marais...

— C'est de la folie. Tu ne vois pas qu'après on soit obligé de déhoter en vitesse ? Coment tu ferais avec ta canne ?

Il se rend à mes raisons...

— Bon. Alors, je vais t'attendre là ! Mais prends garde, San-Antonio !

— Je prendrai garde !

DEUXIÈME PARTIE

CHAPITRE VIII

Dans lequel je me prouve
que l'amour de mon prochain
passe avant celui de San-Antonio !

Il s'assied au pied d'un arbre. Cette simple opération lui prend un temps infini. Il est visiblement à bout. Ce n'est plus qu'une ombre humaine ; une espèce de fantôme qui s'accroche à une apparence d'homme... Le bout du rouleau ! Cette expression traduit parfaitement l'état dans lequel se trouve Larieux... Son calvaire est effroyable. S'il n'était pas animé d'une ténacité hors calibre, il y a longtemps qu'il aurait fait camarade avec la mort !

Je surmonte comme je peux mon émotion.

Une fois qu'il est appuyé à son arbre, je fais un geste.

— Sois sage, je serai de retour avant le jour avec ta potion calmante... Tu le reverras Paname, vieille noix.

Fini de jacter. Je descends mon antenne. J'ai grande envie de mouler mon talkie-walkie qui va m'encombrer, mais je décide de le conserver au moins jusqu'aux murs du labo, ne serait-ce que pour prodiguer des paroles réconfortantes à Larieux...

Les mains aux poches, je fonce en direction du marais... De temps à autre je me retourne pour faire un signe à mon camarade, mais c'est à peine si je distingue sa masse accroupie. Me voit-il seulement ?

Je suis à près d'une demi-borne de son arbre, lorsque je l'entends crier. Que lui arrive-t-il encore ? C'est marrant, mais je ne le quittais pas de bon cœur. Quelque chose me disait qu'un nouveau danger le menaçait !

Je fais demi-tour et je reviens vers lui en courant. A mesure que je me rapproche, je comprends ce qui se passe. C'est un chien qui lui est tombé dessus maintenant. Un salaud de cador du genre berger allemand, bien entendu, et qui doit patrouiller pour le compte des gars du poste. Il a reniflé Larieux et il est en train de lui faire sa fête ! Ce roquet de malheur ne jappe pas... Il gronde avec acharnement et se fout en renaud après mon ami parce que celui-ci ne veut pas se laisser croquer... Mon premier mouvement est de lui tirer une bastos, mais je me retiens à temps. Si je le flingue, le bruit de la détonation ameutera les archers et tout sera foutu, y compris nous !

Je pense à mon couteau. Nouveau hic : impossible d'approcher... Je n'ai jamais lancé le couteau à l'instar des Kid Rafal et autres tordus habillés en cow-boys... Je sors mon ya et le chope par la lame, ainsi que je l'ai vu faire dans les superwesterns d'Hollywood. Je le lance. C'est le manche qui frappe le chien. Il a un cri bref et continue de s'acharner sur Larieux.

Que faire ? C'est tout de même tocasson de laisser déchiqueter un homme sous ses yeux.

Alors ça se fait sans que j'aie à le vouloir. Une force irrésistible me pousse en avant. Oubliant toute prudence, abolissant mon rigoureux système de protection, je m'élance vers mon camarade. Il m'aperçoit et, repoussant un nouvel assaut du gaille, il me crie :

— Non, San-Antonio ! Non ! N'avance pas tu choperais la mort ! Arrête ! Nom de Dieu !

Je n'ai cure de ses paroles. *Me voilà contre lui.* Je cramponne le chien par son collier, heureusement il en a un. Un collier métallique souple. Je tords la chaînette d'acier et je tire le chien en arrière. Il se débat. Je suis aveuglé par la rage. Je sais que c'est ma vie que je viens de perdre et je tiens à la faire payer chérot à ce sale quadrupède ! Il a beau se tordre, se démener, je me sens armé d'une force implacable. Ma rage froide balaie toute faiblesse de mon être. Je tords le collier, toujours augmentant ma pression sans effort... Bientôt le chien s'arrête de bouger... Je maintiens mon étreinte près de cinq minutes au moins. Quand je retire ma main, mes doigts sont comme soudés ensemble et le chien est mort !

Larieux me regarde sans mot dire. C'est la première fois que je le vois d'aussi près. C'est curieux comme un visage se modifie suivant qu'on le regarde à dix mètres ou à dix centimètres... Considéré à bout portant, le sien est d'une grande noblesse. Il a des traits d'aristo ruiné, de grands yeux doux malgré leur fièvre...

— Tu parles d'un fumier de cabot, je soupire, pour rompre ce silence gênant. Il t'a amoché.

— Non, pas trop... Il cherchait ma gorge... J'ai pu le contenir jusqu'à ton arrivée...

Puis il se tait encore et j'ai beau me creuser la pensarde, je n'arrive pas à accoucher d'une syllabe. Je pense que j'ai la crevée dans le ventre maintenant. Dans quelques heures j'irai dans le pays obscur où les héros rejoignent les lâches pour les aider à faire pousser le blé. Finie, la Vie, la vie chaude de France, avec ma vieille Félicie attentive, avec mon Paris qui sent bon la femme et le printemps... Des tas d'images défilent dans ma tête... Je revois les marronniers tout neufs après leur taille de l'hiver... Je revois des filles, j'entends leurs rires, leurs soupirs... Je vois un demi de bière mousseuse sur un guéridon de marbre...

— San-Antonio...

La voix est timide. Je fronce le sourcil. Qui me parle ? Oh oui, c'est vrai : Larieux.

— San-Antonio, tu es le type le plus courageux qui ait jamais existé !

Je me relève.

— Penses-tu... T'as jamais entendu parler du baiser au lépreux ?

Il me tend la main. Je considère un instant ces cinq doigts délicats.

— Serre-moi la main, mon ami, murmure-t-il. Je n'espérais plus pouvoir faire encore ce geste si beau et si machinal !

Je crois que jamais poignée de main n'aura été plus intense.

Ensuite je m'ébroue comme au sortir d'une bouche.

— Cette fois, j'y vais... Garde le couteau au cas où un autre chien viendrait te renifler de trop près !

Et je fonce en direction des marais !

Je parviens en bordure des joncs et là, je m'arrête pour sonder le silence. La nuit est fraîche et belle. J'entends rigoler les gars du poste, sur la droite. M'est avis qu'ils doivent être un peu partis. Nature, dans ce bled ils se font tartir comme des chefs ! Alors, fatalement, le soir, pour chasser les idées noires ils donnent un peu sur le chnaps. Je décèle même des gargouillements d'accordéon.

Dansez, mes bons messieurs.

Je m'aventure dans les plantes aquatiques. Sous mes targettes il se fait comme un bruit de succion. J'enfonce jusqu'aux chevilles dans de la merdouille. Pour retirer un pied, je prends appui sur l'autre, ce qui l'enfonce de dix bons centimètres. Ensuite il faut recommencer... Plus j'avance, plus la situation devient critique. Je réalise vite que si je persiste à vouloir passer par le marais, j'y laisserai ma sale carcasse faisandée ! Perdu pour perdu, je tiens à faire mon turf avant de caner !

Je me dépatouille donc du marais, et cela me prend près d'une heure…

Au ciel, de gros nuages escamotent la lune, de temps à autre… Si au moins il pouvait faire vraiment noir ! Notez que l'obscurité ne trompe que les hommes. Les clébards s'en battent l'œil. C'est eux que je redoute le plus. Ils galopent sans bruit et vous sautent sur le colbak au moment où vous ne vous y attendez pas. Une sale invention, vraiment. J'en ai toujours voulu aux hommes de mêler des bêtes à leurs sales combines.

J'avance en direction du poste, avec l'espoir que les gardes ne disposaient que d'un chien policier. C'est largement suffisant. D'autant plus que cette route est facile à garder…

En rampant, j'atteins les abords du poste. Dans le petit bâtiment flanquant la barrière, l'accordéon fait rage. Des voix teutonnes scandent un chant guerrier. Pourtant, service, service !

Dehors, j'aperçois un factionnaire dans

une guérite de ciment. Il baîlle comme le lion de la Metro et regrette visiblement de ne pas participer aux festivités.

J'étudie la situation d'un coup d'œil. Si je parviens à traverser la route, je pourrai peut-être passer en rampant entre la guérite du veilleur et le bâtiment servant de corps de garde.

C'est une chance à courir. C'est téméraire, mais quand on se sait fichu, plus rien n'a d'importance. Mieux vaut clamser d'une rafale de quetsches que d'étouffer misérablement pendant des heures !

Tapi dans le fossé, j'attends un nouveau passage de nuages entre la lune et moi. Jamais je n'ai découvert autant de vérité à l'expression c... comme la lune. Elle me paraît vraiment idiote, cette lune allemande, avec sa bouille toute ronde, un peu bouffée aux mites. Elle est laiteuse, froide, insensible. Pas même ce petit air ironique qu'elle a en France.

Je bigle les nues avec impatience. Tout là-haut, un troupeau de nuages grisâtres marche mornement vers l'occident. Ils ne se pressent pas ; mais tout à coup, la lune semble comme aspirée par eux... Elle fonce dans le pacson et disparaît. Une zone obscure s'étale sur ce coin d'univers. Je fais fissa pour bondir de l'autre côté de la route. Une pierre roule sous mon pied, je me crois fichu, mais non, l'accordéoniste en met plein les éventails à libellules du factionnaire ; il ne m'a pas entendu.

Si un autre cador bivouaque dans les parages, il va me donner de ses nouvelles avant longtemps. Je regarde en loucedé par-dessus les herbes folles... Ça m'a l'air calme... Je glisse mon talkie-walkie dans mon dos, puis je me livre à des reptations savantes en direction de la zone dangereuse. Pourvu que le guetteur n'ait pas l'idée de se dégourdir les radis ! Pourvu qu'un de ses collègues n'éprouve pas le besoin d'aller arroser le talus !

Il vaut mieux ne pas démuseler son imagination dans ces cas-là !

La distance me séparant du point crucial diminue... J'arrive à proximité de la guitoune de la sentinelle. Celle-ci fredonne l'air bramé par les autres...

Un truc assez joli, ma foi, quand on aime le chant choral. C'est mâle, altier, tonitruant à souhait... Un truc à entonner en descendant les Champs-Elysées, quoi !

Je continue de ramper. Le bruit de la musique m'indique que j'ai passé le cap... Je fais corps avec le talus. J'y vais de bon cœur, vous pouvez me croire. Lorsque je m'estime suffisamment loin, je hasarde mon bol au-dessus du niveau de la strasse. La guérite blanche est à deux cents mètres derrière moi. Je rampe encore sur cent nouveaux mètres, puis, m'estimant happé par l'obscurité, je me relève et continue mon chemin à pas de loup… Bientôt se dessinent les murailles décrites par Larieux. Elles sont impossibles à escalader à cause des fils électrifiés… Vraiment ça pose un problème de prime abord insoluble !

Comment vais-je me farcir cette difficulté ?

Tout est calme. Des lumières brillent autour des bâtiments… Cet îlot dans le marais est cerné par des arbres aux fûts sûrement centenaires. Je décide de grimper au sommet de l'un d'eux pour regarder par-dessus le mur.

C'est un exercice que j'accomplis avec une rare maestria. En moins de temps qu'il n'en faut à un poulet pour vous filer une contredanse, me voilà dans les branchages… J'examine les lieux.

Il y a des lampadaires régulièrement espacés, et je vois des allées de ciment entre des bâtiments éteints, à l'exception du pavillon indiqué par Larieux comme étant la demeure des savants.

Il n'y a pas de pet : faut passer par la grande lourde. Et on ne doit pas la délourder sans que vous montriez patte blanche !

Seulement je ne parle pas une broque d'allemand. Il en a eu une idée, le Vieux, de me choisir pour cette mission ! Un vrai chopin !

A califourchon sur ma branche, je me sens en nage. La sueur ruisselle sur mon front et dans mon dos. Avec terreur, je pense que les premiers symptômes du mal se traduisent par une abondante sudation. Après l'étouffement commencera... Jamais je ne me suis senti plus seul, plus abandonné. Les hommes ne sont tous que d'anciens petits garçons, voyez-vous. J'aimerais pleurer dans le giron de Félicie...

La notion du devoir à faire, du tour de force à réussir, me soutient un peu. D'accord, je fais une croix sur ma vie, mais faut que ça paie... Est-ce qu'en balançant mes cartouches par-dessus le mur la déflagration serait assez puissante pour secouer les laboratoires ? Non, je ne le pense pas... *Je dois pénétrer dans cette cité de la mort.* A n'importe quel prix !

Je perçois un froissement de feuilles près

de moi. Pourtant il n'y a pas de vent. En y regardant de plus près, j'avise un nid de chouettes... Les petits pépient dans un creux de l'arbre...

Il me vient alors une drôle d'idée. J'en cramponne un... je l'examine. Il commence à être emplumé. Il est moche à faire grincer des dents un centenaire ! Effrayé, il palpite dans ma main. Je sens cogner son petit cœur sous mes doigts.

Pauvre oisillon !

Je descends de mon perchoir. Sa vioque aura du chagrin tout à l'heure. C'est ça qui unit les hommes et les animaux : l'amour maternel !

Une fois au sol, tenant toujours ma petite chouette à la main, je m'approche du mur. Les fils barbelés dans lequel passe le courant électrique sont très serrés. Maintenant, j'en viens à souhaiter que le dispositif de sécurité soit complet, c'est-à-dire que ce réseau de fils soit aussi branché sur une sonnerie d'alarme.

Je fais un mouvement de discobole de ma main tenant l'oiseau et je lance de toutes mes forces dans les fils. Aussitôt, une gerbe d'étincelles éclabousse l'obscurité et une sirène se met à mugir dans la cour du bâtiment. Illico, c'est le branle-bas !

Je perçois des cris, des galopades, des lumières... Je n'ai que le temps de me jeter dans l'ombre des arbres. J'attends...

Des gardes rappliquent, portant de grosses lampes à dynamo. Ils braquent leurs faisceaux sur la crête du mur. D'autres les suivent, armés de mitraillettes...

Ils avancent en aboyant des ordres. Et soudain ils s'immobilisent devant la pauvre petite chouette électrocutée. Un formidable éclat de rire les secoue. Ils se claquent le dos, se poussent du coude... Deux des types rentrent dans l'enceinte, tandis que les autres continuent à se frapper les cuisses d'allégresse.

J'attends encore un peu, puis je m'éloigne d'eux en rampant et je vais me placer à l'angle du mur. Je vois revenir les deux hommes avec une échelle. Ils la dressent contre le mur et montent après pour arracher l'animal foudroyé des barbelés.

C'est le moment ou jamais de jouer. Je n'ai que quelques minutes pour passer le mur ; après ils remettront le courant et alors j'aurai droit à un fameux électrochoc !

Je déroule ma corde de nylon dont j'ai conservé une certaine longueur. J'y fixe le grappin et je cours sur l'autre face de l'enceinte, profitant du brouhaha créé par les gardes.

Je jette la corde, le crochet à trois griffes mord dans les barbelés. Je me hisse au sommet du mur en marchant contre la paroi car la minceur du fil m'empêche de monter à la main. Une fois sur la crête, j'enjambe les fils barbelés, je retire le crochet et je me laisse choir de l'autre côté du mur...

Me voici dans la place ! J'ai déjà une sensation d'étouffement qui me taraude la poitrine. Des étincelles incandescentes tourniquent dans ma vue. Je m'adosse au mur pour reprendre haleine.

L'ombre de la mort s'étend rapidement sur moi, et pourtant, je suis fier de mon exploit.

Seulement il me reste des choses à faire ! Beaucoup de choses !

CHAPITRE IX

Dans lequel je me demande si la mort vaut le coup d'être vécue !

Première chose à faire, San-Antonio ; assurer l'explosion de cette usine de mort !

Cette phrase, je me la répète obstinément. Maintenant que je suis dans les lieux, je n'ai plus le droit d'échouer ! Je dois placer mes deux cartouches. Ensuite ça n'aura plus d'importance que je sois surpris.

Je traverse l'allée et je vais au pavillon que Larieux m'a indiqué et qui, d'après lui, serait le point névralgique, le haut lieu de ce mauvais lieu !

A l'autre bout de l'allée, j'aperçois les gardes qui rentrent avec l'échelle. Cette fausse alerte les a mis de bonne humeur. Ils la commentent avec allégresse. Dans une guitoune, à gauche de la lourde, l'un d'eux téléphone ; je pense qu'il rassure les savants.

Je regarde le mur du pavillon et je constate qu'il comporte à hauteur d'homme des bouches d'aération. Voilà qui est parfait, car ce sont des réceptacles rêvés pour mes fameuses cartouches. J'en arme une et la règle pour qu'elle explose dans une heure.

Ensuite je cavale à l'autre extrémité du groupe de pavillons et je place ma seconde cartouche de la même manière. Maintenant je peux crier très haut : « Mission remplie. » Qu'on m'arrête, qu'on m'écartèle, je m'en moque... C'est fini... Tout va partir dans les nuages. Ils pourront toujours numéroter leurs virus...

Je sue comme un soutier en plein effort. La sueur dégouline sur ma figure comme l'eau coulant sur les parois d'un urinoir.

Je respire très péniblement maintenant. Il me semble qu'une main de fer, immense, m'emprisonne la poitrine... Elle se crispe sur mes éponges... J'ai les tempes battantes... Une nausée me triture la brioche.

Je statue sur la conduite à adopter. Que faire ? Essayer de sortir ? A quoi bon ? Pour aller canner dans les marais si je réussis ? Non, j'aime autant sauter avec la baraque.

Au moins je serai aux premières loges pour juger de l'efficacité des explosifs. Finir dans un feu d'artifice qu'on a déclenché soi-même, n'est-ce pas exaltant, au fond ?

Quelques minutes passent. Mon immobilité accroît mon mal... Alors je pense à la promesse fallacieuse que j'ai faite à Larieux. Je lui promets depuis trois jours de lui rapporter sa guérison ! Bon Dieu, je croyais le bidonner sinistrement, mais dans le fond, je suis une crêpe ! La guérison est là, à portée de la main... Elle doit reposer aux côtés de la mort : l'une veillant l'autre !

Ah ! ce sacré espoir des hommes ! Cette farouche obstination à vivre coûte que coûte !

Je monte l'antenne de mon appareil... Au moins annoncer la nouvelle à Larieux. Pourvu qu'il soit en état de me parler...

Je susurre, dans l'émetteur :

— Allô ! Larieux ! Allô !

Et sa voix chétive, ruinée, malade, se fait entendre.

— Ah ! enfin... Alors ?

— Alors ça y est, gars, je suis dans la place...

Une silhouette surgit sur la droite, vite je coupe le contact et me plaque contre le mur. Par veine, le garde qui fait sa ronde ne passe pas dans l'allée où je me trouve. Je ferme les yeux pour ne plus le regarder, sachant combien est forte l'attraction d'un regard.

Le bruit calme de son pas décroît dans le silence. Je sonne à nouveau Larieux ; il est très inquiet.

— Qu'y a-t-il ? demande-t-il.

— Fausse alerte. J'ai placé les cartouches en bonne place. Nous sommes au moins certains maintenant que les labos sauteront !

— Dieu soit loué !

— Ce n'est pas le tout. Il me reste vingt-cinq minutes pour dénicher la drogue et sortir de l'auberge. Il y a combien de savants dans cette usine à tuer ?

— Quatre... plus leur personnel.

— Tout le monde crèche ici ?

— Non, le directeur seulement, tous les autres viennent en voiture et logent à la ville voisine.

— Et ce dirlo, il vit seul ?

— Je l'ignore.

— Bon, merci... Je vais me débrouiller.

— Mes vœux t'accompagnent !

Je coupe le contact et je dépose mon appareil le long du mur. Je n'en ai plus besoin désormais.

Une ampoule électrique brille au fronton de la porte. Le pavillon du directeur est éclairé au rez-de-chaussée et une lumière brille au second, ce qui m'indique qu'il ne vit pas seul dans cette crèche. J'entends les accords d'un piano.

On joue dans la maison... Si mes connaissances musicales sont exactes, il s'agit du *Concerto de Varsovie* ou d'un truc qui lui ressemble.

Je regarde autour de moi. La voie est libre. Les pas de l'homme de ronde se sont engloutis dans le silence.

Je m'élance dans la zone éclairée et j'atteins la lourde du pavillon. Je chope le loqueteau, mais la porte est fermée. Pourvu que ça ne soit pas au verrou ! On s'arrange toujours avec une serrure. Mais un verrou, c'est autre chose !

Je chope mon fameux sésame, et je m'explique avec la serrure.

Le cœur fou, j'essaie d'ouvrir. Hourra ! ça vient ! Je pousse le battant et j'entre dans un hall sobrement meublé.

Je repousse la porte et j'attends. Le piano continue de musiquer, dans une pièce de droite qui doit être le salon. Je mets mon œil à la hauteur du trou de la serrure. J'avise un type d'une quarantaine d'années, mais aux cheveux extraordinairement blancs. Il a un air froid et triste, des yeux clairs et un menton proéminent. Vêtu d'une veste d'intérieur bleu ciel, il met tout son cœur dans les touches de l'instrument. Ça, c'est tout un peuple ! Ça fabrique des trucs à détruire le monde, et c'est plus mélomane que Mozart ! Faut toujours qu'ils aient les doigts sur une crosse ou un clavier !

Je tire mon feu, vérifie le cran de sûreté, et j'ouvre tranquillement la porte.

Vous croyez peut-être que le gars grimpe au mur en m'apercevant ? Des nèfles ! Il plaque un dernier accord et me fixe de ses yeux glacés.

Comme je ne prends pas l'initiative de la conversation, il m'interroge en allemand.

— Mille regrets, lui dis-je. Je ne parle que le français !

— Que venez-vous faire ici ? dit l'homme aux cheveux blancs...

Mon contentement est absolu. On va pouvoir s'expliquer.

— C'est à ma vie que vous en avez ?

— Absolument pas !

— Alors pourquoi cette arme ?

Au lieu de répondre, je regarde ma montre. Plus que vingt minutes ! Et encore !

— Je viens vous demander quelque

chose. Quelque chose que vous me donnerez si vous ne voulez pas mourir...

— Quoi ?

— Je sais ce que vous fabriquez dans ces laboratoires. Un agent secret a su s'approprier une de vos ampoules...

Là, il se dresse à demi.

— Tiens ! ça vous intéresse, dirait-on.

— Ensuite ? coupe-t-il.

— Seulement il l'a brisée pendant le transport.

— Non ?

Il semble fou d'inquiétude.

— Et alors ?

— Alors il s'est produit ce que vous savez. Il contamine tout le monde. Nous avons limité les dégâts au minimum, mais il me faut de quoi détruire les effets de votre saleté, vous comprenez ?

Un sourire mauvais plisse ses lèvres minces.

— Je regrette, monsieur, mais il n'existe pas de remède capable de neutraliser l'action de mon sérum.

Vous parlez d'une déception. Je sens une boule dans ma gorge... J'étouffe... J'étouffe...

— C'est dommage, dis-je. Dommage pour vous, monsieur le professeur.

Une légère inquiétude passe dans son regard bleu.

— *Was ?*

— Parce que je suis contaminé moi-même... Et le fait que je vous aie approché vous a contaminé aussi !

Nouveau sourire.

— Erreur, en ce qui me concerne, je suis immunisé...

J'ai une grande envie de lui vider mon chargeur dans le buffet.

— Si vous êtes immunisé, c'est donc que le vaccin existe. Il m'en faut et vite !

— Je ne l'ai pas !

— Ça ne tient pas debout ! Vous êtes, vos collaborateurs et vous-même, à la merci d'un accident. Je veux deux doses de vaccin, et en vitesse !

Il secoue la tête.

— Non, monsieur, c'est inutile d'insister, vous devez subir les conséquences de votre curiosité, vous et votre... ami !

Ce qu'il y a d'affreux avec ce type, c'est que visiblement ni mon pétard ni moi ne lui faisons peur. La mort est pour lui une éventualité qu'il accepte avec bonne grâce...

Pas moyen de le toucher... Il est hors d'atteinte ! Je sens les minutes qui grignotent mon destin, et celui de Larieux ! Etre si près du but et ne pas aboutir, c'est vachard, convenez-en. Et si vous n'en convenez pas, allez vous faire cuire un œuf d'autruche.

La sueur coule de plus en plus fort sur ma pauvre gueule. J'ai beau respirer profondément, l'oxygène se fait rare dans ma caisse.

J'ai des vertiges.

— Ça ne vous fait donc rien de voir crever un homme, docteur ?

— Ce sont les risques de votre métier, monsieur. Vous n'avez pas la prétention de nous piller et de nous apitoyer en même temps...

Son raisonnement est sans bavure. Il le tient d'un ton paisible, auquel son fort accent donne plus de force encore !

J'ai alors une autre idée pour essayer de vaincre son impassibilité.

Je fouille l'une de mes poches de clown qui recèlent un matériel effarant et j'en extirpe une grenade.

— Professeur, si vous ne me donnez pas cet antidote, je jette cette grenade au milieu des bâtiments.

Alors là, changement de programme. Il fait un naze d'un mètre quatre-vingts. Son regard étincelant s'éteint.

— Une grenade très efficace sur vos

efforts, monsieur le professeur... Tenez, on fait un marché : la grenade en échange de deux vies. Et cette grenade représente un capital que vous êtes plus apte que moi à estimer !

Il hésite encore. Je louche sur mon oignon. Plus que dix-sept minutes ! Bien employées, elles peuvent apporter du nouveau dans ma situation.

— Alors ?

Il regarde la grenade. Ce fruit de métal est inquiétant à la lumière de la lampe.

— Je vous donne une minute de réflexion, fais-je. Passé ce délai, il sera trop tard : je mourrai et vous aussi au milieu de vos drogues à la noix !

Il se lève, fait quelques pas dans la pièce... Il s'approche d'une table et tire une chaise pour s'asseoir. Ses faits et gestes me captivent. Je sens qu'il mijote quelque chose... Quoi, bon Dieu ? Je comprends brusquement. Sous la table il y a une sonnette à pied pour appeler les domestiques.

Je souris.

— Bien joué, doc... Mais la farce est un peu lourdingue !

J'attends, tout en le menaçant de mon

feu... Et le temps s'écoule... Encore quatorze minutes... Je perçois un glissement dans l'escalier. La porte s'ouvre et un type aux cheveux taillés en brosse fait une entrée discrète. Il porte une livrée de larbin. Décidément le camarade marchand de virus ne se refuse rien !

L'arrivant écarquille les châsses en m'avisant. Il est tout surpris de voir un monsieur crotté dans son salon bien aspiré, surtout un monsieur qui brandit un feu.

Je saute à lui et avant qu'il soit revenu de sa stupeur, je lui colle la crosse de mon 9 mm dans la tempe. Ça craque vilain et il s'étale. Je fais volte-face. Le doc a déjà bondi à un tiroir...

— Levez les mains, vite ! aboyé-je.

Il obtempère.

— Bon, maintenant le vaccin en vitesse, et pas d'histoire...

Il soupire :

— Vous êtes très obstiné, monsieur. Et très adroit.

— Merci pour vos fleurs, exécution...

— Venez !

Il se dirige vers l'extérieur. Avant que nous franchissions le seuil, je l'avertis :

— Ne recommencez pas à me feinter,

vous voyez que je suis prêt à tout. Vous ne soupçonnez pas les prouesses dont un homme est capable lorsqu'il se sait condamné à mort !

CHAPITRE X

Dans lequel je peux méditer sur la relativité du temps !

Nous marchons d'un pas égal dans l'allée centrale ; celle qui conduit au pavillon où j'ai déposé ma première cartouche d'explosif.

La lune projette sur le ciment nos deux ombres inégales. Je redoute de voir surgir un garde. Evidemment je suis décidé à l'assaisonner, le cas échéant, mais un espoir tellement insensé m'habite et je redoute une anicroche de la dernière seconde...

Je veux vivre ! Vivre ! Dominer le sort, vaincre ce néant qui s'infiltre en moi comme l'eau d'un fleuve en crue s'infiltre dans les maisons.

Nous atteignons la porte du second pavillon. L'homme aux cheveux blancs sort une clé de sa poche et ouvre. Il donne la lumière.

Nous sommes dans une salle entièrement carrelée de faïence blanche. Entièrement nue aussi. Il la traverse et ouvre une seconde porte... Là est le principal labo. Je ne vous le décris pas car je suis effaré par les instruments qui s'y trouvent. Un vrai cauchemar d'anticipation !

Le professeur se dirige vers un coffre scellé dans le mur du fond et sur lequel on a peint une croix rouge sur un disque blanc. Cet emblème veut dire guérison ! Il est beau, noble ! Jamais je ne l'avais remarqué avant cet instant.

— Grouillez-vous ! grogné-je.

Le tic-tac de ma montre me vrille le poignet.

Vite ! Vite ! Plus que douze minutes !

La porte du coffre est à système. Mon mentor l'actionne. Je vois alors de petits casiers garnis d'ampoules... Il en prend une dans celui du bas et cueille une sorte de minuscule lancette dans un tiroir.

Je suis à ce point angoissé, que je n'ai plus la force de parler. Je suis à sa merci, maintenant. Il peut très bien me faire une piqûre de n'importe quoi en prétendant que c'est la bonne came !

Heureusement, ces gens-là n'ont pas le sens du « carrotage ».

— Prêt ? me demande-t-il.

Je serre les dents et mon âme élève une ardente prière vers le ciel.

« Vous là-haut, pas de blague... Compulsez vos registres, vous verrez que le gars San-Antonio y figure... Ne barrez pas ! »

— Soulevez votre manche !

J'obéis, sans lâcher ni ma grenade ni mon revolver.

Il fait sauter les extrémités de l'ampoule, maintient le liquide avec un doigt et me fait une entaille très large à l'avant-bras...

Il arrose la plaie avec le contenu de l'ampoule.

— Voilà, dit-il.

Je lui chope le bras et je retrousse sa propre manche. J'aperçois une cicatrice qui me rassure : il n'a pas bluffé.

— Parfait, maintenant il m'en faut une autre.

Il n'est pas chaud pour laisser sortir de l'établissement un échantillon de ses découvertes. Il fait une moue.

— Cela suffit, monsieur... Contentez-vous d'avoir la vie sauve ; on doit savoir modérer ses désirs, dans la vie !

Au lieu de lui répondre, je jette un

nouveau regard à ma breloque. Plus que huit minutes, à moins que ma charge d'explosif soit mal réglée, ce dont je doute fortement. Dans huit minutes, le labo va éternuer fortement et ça sera le grand sauve-qui-peut chez messieurs les virus.

— Ça va, dis-je, je n'insiste pas. En somme, j'ai l'essentiel en ce qui me concerne.

— Déposez cette grenade sur cette table ! ordonne le Herr Machin.

— Mais comment donc !

Il darde sur moi ses petits yeux incroyablement bleus. Des yeux d'enfant sage !

Je dépose la poire de métal à l'endroit désigné. La volonté de cet homme est telle que c'est lui, l'homme désarmé, qui donne des ordres à l'autre !

Il paraît un peu soulagé. Je me retourne et lui souris.

J'amorce un mouvement destiné à lui faire croire que je décarre, mais je décris une soudaine volte-face et je lui file un terrible coup de tranchant à la lotte. Méthode japonaise, les gars. Plusieurs siècles d'expérience ! C'est mon petit mikado de Pâques.

Le digne et glacé docteur Baisemakrup émet un râle qui n'est pas sans évoquer l'écoulement d'un évier. Il titube, cherche à se cramponner, mais il dit *good night* à la compagnie et se grouille d'aller déposer une plinthe au parquet !

Visiblement, il en aura pour plus de huit broquilles à reprendre ses esprits, c'est dire qu'il ne les reprendra jamais. Pourtant, comme je suis un mec consciencieux, je lui balance un coup de tatane dans le bocal pour l'anesthésier complètement. Ensuite je saute sur le coffre mural et je pique une ampoule dans le casier où il a crevé la mienne. Une brève hésitation, et j'en chope d'autres qui ne sont pas pareilles. Je les mets dans une boîte en bois à glissière qui se trouve à proximité et dont le capitonnage intérieur me fait penser qu'elle est réservée à cet usage. Ainsi lesté, je bondis au-dehors, non sans avoir récupéré ma grenade...

Me voici dans l'allée principale. Dans cinq minutes le truc va avoir le hoquet. Faut les mettre, les potes ! Les mettre en vitesse. Maintenant que je suis immunisé, ça me ferait mal aux seins de dérouiller un paveton sur la coiffe, ou bien de retrouver des parties de moi-même sur le peuplier d'en face !

Je gamberge sec. Si je m'annonce comme

un brave, à la grille, avec mon seul pétard, pour intimider les pieds nickelés qui la gardent, j'ai autant de chances de sortir que le chanoine Kir en a de gagner le prochain Tour de France cycliste ! Je dois ruser, et ruser vite. Cinq minutes, c'est court pour un gars qui a un rendez-vous d'affaires, mais c'est long pour le type qui n'a plus que ce délai pour sauver sa peau…

Du calme ! Pense doucement… Mords bien la situation pour l'avoir dans la rétine.

Ça y est. J'ai une idée…

J'arme l'une de mes grenades et, dans un formidable élan, je la balance par-dessus le bâtiment.

Elle va éclater de l'autre côté, entre le pavillon que je viens de quitter et le mur d'enceinte. Ça fait un baroud terrific. Pourvu que cette déflagration ne précipite pas le mouvement de mes deux autres cartouches ! J'ai le cœur qui se ratatine. Il devient plat et sec comme un porte-monnaie d'Ecossais.

Gros chahut vers le poste. Et ça gueule, ça, madame ! Des bruits de bottes comme dans les carabiniers d'Offenbach ! Je vois passer une escouade de gardes qui foncent vers le lieu de l'explosion.

Je trotte alors jusqu'au bout de l'allée et

j'arrive à la cour en forme de demi-cercle où s'élève le poste de garde.

Pas la peine de biaiser. J'y vais carrément. Les deux hommes qui sont demeurés là se tiennent devant la porte, les mains aux hanches, essayant de voir ce qui se passe en discutant ferme.

Je leur arrive droit dessus. Ils ont un mouvement pour dégaigner leur appareil à éternuer du plomb ; mais plus rapidos, je file mon pied dans le bide de l'un, et la crosse de mon Eurêka dans la ganache de l'autre. Vous verriez faire ça au ciné, vous diriez que c'est du trucage. Eux ne sont pas de cet avis. Ils s'écroulent, chacun de son côté, l'un en se cramponnant le bide, l'autre en ne pensant plus à rien...

Je leur administre de vaches coups de latte, au petit malheur. En les voyant « out », je cours à la grande porte de fer. La clé est sur la serrure ; naturellement, cette bâtisse n'est pas une prison, le danger ne peut venir que de l'extérieur. Je tire le portail qui grince... Je fonce sur le chemin qui s'offre à moi... Maintenant ça va péter d'une seconde à l'autre... Il s'agit de faire le grand forcing. Tout mon être est contracté par l'appréhension. Chose curieuse, c'est maintenant que je suis hors du laboratoire que j'ai vraiment les chocottes.

Je fonce de toutes mes forces, sans penser à autre chose qu'à mettre de la distance entre ce funeste enclos et moi.

Chaque mètre franchi, c'est un bon point pour votre San-Antonio chéri.

Soudain, avant que j'aie compris quoi que ce soit, je suis soulevé de terre et balancé dans l'eau fétide du marais. Une fraction de seconde après, pour ne pas dire en même temps, un bruit phénoménal me secoue les trompes d'Eustache ! Je reste inerte dans la vase. J'ai l'impression qu'un souffle embrasé m'a rôti le cuir et qu'un immeuble de douze étages s'est écroulé sur mon dos.

Une nouvelle explosion retentit, plus forte encore que la première. De toutes parts il pleut des blocs de pierre. Les branches des arbres sont brisées... Un vrai moment d'Apocalypse !

Je courbe l'échine en espérant très fort que je ne vais pas déguster un parpaing sur la rotonde. Et puis ça se tasse. A ce cataclysme succède un silence qu'on peut hardiment qualifier de mort. Une odeur de décombres flotte dans l'air à la ronde. Les bêtes de la nuit se sont tues. Il n'y a que la lune qui poursuive, imperturbable, son petit bonhomme de chemin. La lune blanche et triste qui se fout éperdument de la colère des hommes.

CHAPITRE XI

Dans lequel je m'aperçois, non sans amertume, que je ne suis pas encore sorti de l'auberge !

Ne croyez pas que je sois longtemps euphorique. Dans mon job, les instants d'exaltation sont toujours de courte durée.

Tout en barbotant dans la fange, je me tiens le raisonnement suivant : « Mon gars San-A., tu as réussi ta mission officielle. Maintenant il te reste deux choses à faire ; porter le remède sauveur à ton petit camarade et regagner Paname !

Pour cela, il faut franchir, primo le rideau de gardes, secundo le rideau de fer ; et ces deux exploits ne sont pas à la portée de n'importe qui. C'est entendu, je ne suis pas n'importe qui — ne me faites pas rougir, j'ai la modestie à fleur de peau. Pour tout dire, je suis même un garçon très exceptionnel sur les bords. Cependant, les heures que je viens de vivre m'ont un peu vidé, et l'ampleur de la tâche restant à acccomplir me trouble fortement.

Prévoyant que les mectons du poste routier vont radiner aux nouvelles, je renonce à m'arracher du marais.

Je me trouve en contrebas de la route, dans des ajoncs, et il est impossible de me dénicher là, à moins de recherches systématiques. Vous dire que ma position est confortable serait exagéré. Je préférerais me secouer le lard dans un fauteuil à bascule, au bord de la Méditerranée. Mais ma sécurité primant toute autre considération, je fais, pour employer un vieux cliché, contre mauvaise fortune bon cœur. Et j'attends.

Bien m'en prend.

Trois minutes plus tard, c'est-à-dire le temps de confectionner un œuf coque, une bagnole passe à fond de train, chargée de populo. Ils vont en faire un naze, les troupiers ! Ça va barder pour leur matricule lorsque la commission d'enquête va se pointer dans le circuit ! Y aura de la révocation dans l'air, je vous le promets. Et peut-être même de l'enchristage en série. On ne badine pas avec la mort, de ce côté de l'Europe.

J'hésite sur la conduite à adopter maintenant. Voyons, les arrivants vont constater l'ampleur du désastre. Pour ça, il ne leur faudra pas longtemps, d'après moi ! Ils n'auront qu'une idée : donner l'alerte !

Donc, avant longtemps ils vont repasser ; oui, il vaut mieux attendre encore.

Pour tromper le temps, je pense à plus tard. Quand je serai sorti du guêpier, j'irai rejoindre Félicie, que ça plaise ou non au Vieux !

Et alors, Je vous promets que les nanas un peu bien roulées entendront parler de San-Antonio ! Pastis et Volupté, telle sera ma devise...

Je freine sur les pensées roses pour tendre l'oreille. Un bruit de moteur se fait entendre à nouveau. La bagnole passe dans l'autre sens. C'est le moment de jouer la belle !

Avec peine, je sors de mon bain de boue. Le marais m'a mis un crépi visqueux qui alourdit mes fringues. Mes godasses font un bruit de pompe aspirante et refoulante. Je les ôtes pour éviter de faire trop de bruit. Je les attache par les lacets et les pose à cheval sur mon épaule... En chaussettes, je galope sur le goudron de la route. J'avance en direction du poste routier. Je n'ai pas de peine à le repérer : on dirait une fête foraine tellement il est illuminé. Ça grouille. Des gars courent en se criant des ordres... Cette fois, ça n'est pas en rampant que je pourrai franchir le barrage !

J'avance le plus possible, après quoi, je suis bien obligé de retourner à la fange du marais si je ne veux pas risquer de morfler une volée de prunes.

Je continue de me déplacer dans les joncs. Mais je procède avec une lenteur infinie. Chaque fois que j'enfonce un pied, il fait un bruit semblable à une incongruité d'éléphant. Je gagne encore une cinquantaine de mètres qui achèvent de m'épuiser. Maintenant, je suis à la portée de fusil du poste. Inutile de vouloir faire mieux. Je choisis un endroit pas trop spongieux et je m'y allonge pour voir venir !

Je suis extrêmement fatigué, pourtant, je constate que ma respiration est moins saccadée. Le vaccin du Herr Strupfchose commence à intervenir.

L'œil au niveau du talus, j'observe l'activité du poste. Tous les gardes sont sortis. Ils doivent être une quinzaine environ.

Ils entourent leur chef qui donne des

instructions. Puis quatre d'entre eux montent dans l'auto déjà aperçue, et foncent vers la ville. Les autres continuent de palabrer au milieu de la route.

J'ai le choix entre deux solutions : ou bien me planquer et attendre encore, ou bien tenter le tout pour le tout.

La première serait la plus prudente, seulement en l'adoptant je risque d'être loqué là pendant une période indéterminée. Des renforts vont radiner. La région sera en état de siège... En admettant que je puisse me terrer indéfiniment dans le marécage, on découvrira fatalement mon pauvre Larieux.

Et puis quoi ! l'immobilisme ne correspond pas avec ma nature fougueuse. J'ai pas le genre yoghi, que voulez-vous ! Moi, faut que je remue !

Le style Pont d'Arcole, c'est le mien. Dans les cas graves, j'ai toujours été sauvé par mon culot. Et si j'ai un palmarès amoureux chargé comme un tomberau de betteraves, c'est également à mon esprit de décision que je le dois.

Bien sûr, y a des michetons qui se farcissent des sœurs en leur faisant le coup de la sérénade au balcon ou des soupirs rentrés !

Y en a d'autres qui leur écrivent de l'alexandrin boiteux, ou bien qui les épatent en leur racontant comment ils ont gagné les trente-deuxièmes de finale de la coupe départementale de foot !

Erreur, messieurs !

Ce que la bonne femme veut, ce à quoi aspire tout son individu, c'est à un Jules qui lui dit les paroles qu'il faut en faisant les gestes qu'il faut.

Pas de fioritures, l'essentiel ! L'art, c'est avant tout la sobriété ! Des phrases courtes pour écrire, des traits accusés pour peindre, des paluchages précis pour séduire ! Comme disait Danton (69 deux fois) : pour vaincre il ne faut pas emmener la France à la semelle de ses souliers !

Ça y est, voilà que je m'égare ! Ce n'est pourtant pas le moment ! Je m'extirpe une fois encore de la gadoue et je rampe sur le talus. Je stoppe à l'orée de la zone éclairée, c'est-à-dire à une vingtaine de mètres des mecs !

Il me reste une grenade, et six balles dans mon magasin de quincaillerie. C'est beaucoup quand le hasard est avec vous ; mais c'est peu pour se débarrasser de onze hommes, lorsque vous avez la pétoche.

Heureusement, ces onze hommes sont groupés. Chance inouïe ! J'ai le cœur gros de devoir interrompre leur conversation de cette manière, mais il est des circonstances qui vous empêchent de rester sentimental !

J'arrache la goupille avec les dents, je compte jusqu'à cinq et je jette la grenade en direction du groupe.

Gros boum sur la bourse des gardes-chiourme !

Les gars se couchent comme une rangée de dominos !

Alea jacta est, comme disait ma concierge ! Maintenant je n'ai plus à hésiter, le choix est fait.

Je m'élance sur la route... Il y a du sang partout. La grenade fume encore... Des gars crient, d'autres se tordent sur la route. Dans le brouillard de poudre et l'affolement, ma présence doit passer inaperçue... Je n'ai pas à faire usage de mon feu. J'enjambe des messieurs bien dont la tête est en bouillie. Et je cavale à perdre haleine droit devant moi.

De la course à pince, j'en aurai fait au cours de cette nuit extraordinaire. Après un régime pareil, je pourrai me présenter à Jean-Bouin !

*
**

Je m'arrête, hors d'haleine, pour écouter la nuit. Le silence est étalé sur le monde. Comment vais-je trouver Larieux ?

Je n'ai qu'une idée approximative de l'endroit où je l'ai laissé. Si au moins j'avais conservé mon talkie ! Je pourrais lui parler...

Tandis que maintenant c'est au pifomètre que je me dirige. Et le temps presse vilain ! Lorsque les renforts radineront et découvriront les gardes du poste allongés sur la pelouse, il y aura de méchantes battues en perspective !

Entre nous et le carrefour Richelieu-Drouot, je me demande comment je pourrai me tirer de là, lesté d'un compagnon de route dans l'impossibilité de marcher !

Mais j'ai un bon principe qui est celui des hommes d'action et des incapables : ne jamais penser à plus tard ! Seul compte le présent ; oui, le beau présent qui est l'unique bien des vivants ; le présent chaud, frénétique, réel.

Je tremble de la tête aux pieds, comme un pot de gelée en villégiature sur un vibromasseur. La fatigue, la tension nerveuse sont si fortes que j'ai peine à poser un pied devant l'autre. Il le faut bien pourtant. Les gros nuages qui flottaient sous la lune ont fini par gagner le canard, maintenant la noye est obscure comme les projets d'un sadique. Quelques gouttes de pluie tombent parcimonieusement. Il y a de l'électricité dans l'air. Vachement contagieuse, je vous le dis. On m'aurait branché sur le 220, je ne serais pas plus survolté. « Mettez-moi au courant », comme disait le gars qu'on faisait asseoir sur la chaise électrique.

Je m'arrête un bout de moment, manière de me dégager un peu la fraisure. Mais cet air que j'avale est volatil. A peine vous vous en offrez un bol qu'il se barre de vos éponges !

Je file un coup de périscope tournant sur la nature engourdie. A ma gauche, la tour en ruine, toute couenne au sommet de sa colline. A ma droite le marécage perfide, avec ses plantes louches, son odeur de mort et sa faune mystérieuse. Larieux se trouve entre ces deux points. Je l'ai laissé près d'un arbre. Il n'a pu aller bien loin, avec sa flûte sur pilotis !

Je voudrais parler, mais il est dangereux désormais de se manifester. Que je me casse la trompe sur une patrouille et « adieu Dubois » c'est l'infusion au sirop de plomb ! Je me traîne littéralement. Ah ! ce que j'en ai marre ! C'est rien de le dire. Je voudrais pouvoir m'étendre dans un grand lit de cambrousse, avec des draps qui reniflent la lavande ! Et puis alors pioncer, pioncer jusqu'à ce que les coqs chantent...

Tout doucettement, pour moi seul, je hèle :

— Eh ! Larieux, Laaaarieueueux !

Mais, nature, seul le bruit grinçant de ma respiration répond à cet appel. Je retrouve le cadavre du chien étranglé, mais pas Larieux !

Alors une rogne sourde s'empare de moi. V'là que je me fous en boule contre lui. Je lui en veux de rester caché. Pourquoi ne se dresse-t-il pas devant moi ? Pourquoi n'appelle-t-il pas le petit San-Antonio d'amour ? Je veux bien qu'il fasse noir, mais je suis visible non ? Un beau gosse comme mézigue, ça se repère de loin, même la nuit ! Alors...

Tout bas, je l'injurie.

— Espèce de cloche ! Pourquoi te caches-tu ? Tu te décomposes, eh, ballot ? Tu te figures que c'est le moment de jouer à cache-cache ? Ou bien t'as les jetons ? Hein ? C'est ça, t'as les cannes ! T'as entendu le badaboum de l'explosion. T'as gueulé dans ton talkie et comme je ne t'ai pas répondu, tu t'es figuré que j'étais parti en brioche avec les éprouvettes ! Tu te sens seulâbre, tu...

Je termine sec le chapitre des invectives. Larieux, je le découvre soudain. Et en l'apercevant je comprends pourquoi je ne l'ai pas repéré plus tôt. Je cherchais quelqu'un d'allongé, *or il est debout.* Oui, debout contre un tronc d'arbre. *Mais ses pieds ne touchent plus le sol !* Il s'est pendu avec les cordes qui ligotaient sa jambe cassée. Oui, pendu ! Voyant que je ne répondais plus à ses appels et me croyant mort, il a eu le grand coup de flou. La vie lui a été insupportable. Il a atteint le bout de la nuit !

Je me hâte de trancher la corde. Il choit dans l'herbe humide. Je m'agenouille et d'une main affolée je cherche son cœur. C'est grand silence là-dedans ! Finish, classé, tordu, conclu !

Ma colère me revient. Je palpe ma poche truffée d'ampoules.

Je lui apportais la guérison, le salut... S'il avait pu tenir le coup une heure de plus il était sauvé ! Y a eu un malentendu avec le hasard ! Son destin et le mien avaient oublié d'accorder leurs montres !

Je sens des larmes sur ma frite. Tout ça

est trop stupide ; trop monstrueusement idiot !

— Larieux ! T'en as trop bavé, mon pauvre vieux... C'est pas juste ! Comment va-t-on te revaloir ça, maintenant, dis ?

Le corps inerte est encore tiède. Le visage rigole dans l'ombre. Maintenant il sait, le pauvre mec ! Oui, il sait tout ! Et ça le fait poirer, la situation. Il doit voir le vaccin dans ma fouille, et il savoure l'humour de la situation !

Je demeure un instant immobile, ne sachant trop que fiche. Puis je me dis que je ne peux rien faire d'autre que laisser le cadavre de mon pote là où il est. On le découvrira, naturellement, avant le jour. Si je suis malin, je peux m'arranger pour faire croire que c'est lui, l'auteur de l'attentat ! Il suffit d'enlever ses béquilles et les morceaux de bois qui colmataient sa guibolle en sucre !

Les autres penseront qu'il s'est cassé la jambe en fuyant et que pour échapper aux interrogatoires il s'est étranglé !

Je ramasse donc les boiseries qui assistaient le malheureux et je m'éloigne en les tenant sous le bras comme un fagot de bois. Puis je réfléchis et me dis que le talkie-walkie prouvera aux enquêteurs que

Larieux n'agissait pas seul, et je reviens chercher le talkie... Chargé de tout ce matériel, je fonce en direction de la maison forestière. Seulement, y a sous mon chapiteau quelque chose qui ne carbure pas bien. M'est avis que j'ai une paume d'allumage, peut-être s'agit-il d'une bougie qui donne mal ?

Je me dis que le cadavre de Larieux sera fatalement identifié. On saura que c'est un agent français et les autres entreprendront des représailles ! Non ! j'ai mal calculé mon élan. Il ne faut pas qu'on retrouve son cadavre !

Une fois de plus, je retourne près du mort. Maintenant c'est lui que je dois coltiner. Je le cramponne par la taille et je fais un arraché-jeté qui ferait pâlir de jalousie un haltérophile.

Je titube sous le faix !

Où vais-je bien planquer la carcasse de mon compagnon ? Pas à tortiller : y a que le marécage qui puisse fournir une sépulture sûre !

Alors en route !

***

Il me faut une bonne heure pour parvenir aux ajoncs fétides. Je claque des dents à force de fatigue dominée... Je choisis un endroit où les plantes aquatiques sont denses et je vais planquer le mort par-dessous. Ensuite, je le maintiens plaqué à la vase au moyen de ses béquilles plantées dans le fond fangeux. Qu'il reste seulement quelques jours à l'abri des regards indiscrets, et je défie quiconque de parvenir à l'identifier. D'autant plus qu'avant de « l'inhumer » je lui ai chouravé ses faux papiers pour corser le mystère.

Je jette le talkie le plus loin possible et je me recueille un instant devant cette immense tombe bourbeuse, sur laquelle les roseaux remplacent les chrysanthèmes.

CHAPITRE XII

Dans lequel, malgré les dimensions de mes épaules, je n'en mène pas large !

Du côté du poste routier, les allées et venues se font de plus en plus nombreuses. Ça tourne vite à l'effervescence. Le moment est venu de mettre les chaloupes à la mer, et de ne pas s'occuper des femmes et des enfants, croyez-le bien !

J'irais bien me planquer chez le tondu du bois, mais ce ne serait vraiment pas raisonnable. Ils ont dû découvrir la carcasse du fils et la môme Frida (dans les romans les *Gretchen* s'appellent toutes *commak*) doit se dire que si je suis le champion toutes catégories du Zizi-Pan-pan, je cherre un peu dans les bégonias avec mes beaux-frères putatifs.

Non, le mieux c'est de tenter ma chance autre part.

Je rebrousse chemin et contourne la colline-à-la-tour par l'autre côté.

Ce n'est plus un homme, c'est un fantôme qui marche ! Vous me demanderiez combien font deux et deux, je ne me donnerais même pas la peine de chercher une réponse approximative. Je suis écroulé de l'intérieur. Mon épuisement est tel que je suis devenu pratiquement insensible. Je me fous de tout ! Je marche parce que c'est une décision lointaine que j'ai prise avec force et à laquelle mes muscles continuent d'obéir.

Je ne pense plus à Larieux. Ou si j'y pense, c'est avec une souveraine indifférence. Après tout, il est bien là où il est. Il n'avait qu'à aller vendre du nougat à Montélimar au lieu de faire un métier pareil !

Des bribes de rancœur traversent par moments mon cœur fatigué. Curieux, comme l'individu est mauvais. Il a toujours un peu de bile dans un coin de la bouche, et un peu de fiel dans l'autre. L'homme a besoin du mal. C'est pour lui une sorte d'organe essentiel. Peut-être qu'après tout c'est mieux ainsi. Peut-être que le mal n'est pas un mal. Si nous étions parfaits, nous ne supporterions pas la précarité de notre condition ! Tandis qu'en étant pourris de mesquineries, les mochetés de l'existence sont moins apparentes. Nous sommes à leur mesure, en somme. Et puis, dites, entre nous et un kilo de haricots secs, ce qu'on pourrait se faire tartir si on était tous des saints ! Vous nous voyez jouer au jeu de grâce avec nos auréoles ? A votre sainteté, les gars !

Beaucoup d'appelés et peu d'élus, comme les troufions ! Voilà ce qui nous convient. Ça développe l'esprit de compétition ! Comme ça, chacun veut édifier le voisin. A moi le rameau d'olivier. Si ça n'apporte pas la paix ça donnera toujours quelques gouttes d'huile !

Les aurores commencent à vadrouiller au fond de l'horizon. J'avise un bouquet de noisetiers. Je sais qu'il me sera impossible d'aller plus loin. Sans chercher à lutter davantage, je m'y réfugie, et je m'abats dans les broussailles.

A peine à l'horizontale, je me mets à dormir.

*
**

Un bruit de branchages brisés me réveille. Avant toute chose, je reçois un rayon de soleil dans les vasistas. Puis j'aperçois des silhouettes qui grouillent dans la lumière.

Des voix allemandes me crient quelque chose. Toujours les deux mêmes syllabes :

— Chtète auf !

Oui, phonétiquement c'est à peu près ça. Je me dresse. C'est ce qu'on me demandait sans doute car les gars la bouclent.

De drôles de portraits, ces bons messieurs ! Ils sont une demi-douzaine, armés de mitraillettes. L'un d'eux tient un chien en laisse. C'est ce quadrupède à la manque qui m'a reniflé et les a conduits jusqu'à ma planque. Je suis fait aux pattes !

Vraiment c'est glandouillard de se laisser fabriquer ainsi. Décidément, le vent a changé de direction. Ce matin, il n'est pas en ma faveur.

Je songe aux ampoules que je trimbale et je me dis qu'il faut absolument les détruire. Comment m'y prendre ? Je lève les bras pour leur montrer que je n'ai pas l'intention de me rebiffer.

La boîte de bois est dans ma poche droite. Il faut que je trouve une astuce. Il le faut ! Il le faut ! Je ne dois pas laisser ces échantillons de mort dans leurs sales paluches !

Ils me collent un canon de sulfateuse à musique dans le râble et me gueulent d'avancer. Je ne pige pas le chleu, mais je comprends pourtant. Il y a des moyens d'expression internationaux.

Je fais un pas, deux pas... Puis je me prends intentionnellement le pied dans une motte de terre et je dégringole, les bras toujours levés. Je me laisse choir de tout mon poids sur la boîte. Je la sens craquer sous ma veste... Pour parachever le turbin, je feins une mauvaise reprise d'équilibre et je finis de l'écraser. Voilà, maintenant ils ont le bonjour. Ils peuvent faire de moi ce qu'ils voudront, le travail est terminé.

A coups de pied, ils m'invitent à me remettre droit. Ensuite c'est la marche jusqu'à une route où une voiture militaire est stationnée. On m'y fait grimper. Je suis coincé entre deux gros types qui puent la sueur. Sur la banquette, en face de moi, deux autres mectons me font vis-à-vis, avec le cador entre eux deux ! Fumier de cabot ! Si au moins il avait eu un rhume de cerveau !

C'est à cause de son renifleur que je suis dans la mistouille !

Personne ne parle. Le bahut roule sur le mauvais chemin à une allure rapide. Le chauffeur se moque de ses amortisseurs comme de sa première choucroute. C'est le grand silence vert-de-gris. Ils me regardent à peine, mais quand je croise les yeux de l'un d'eux, j'y lis autant de tendresse que dans ceux d'un loup affamé.

Ma sieste m'a un peu reposé. Heureusement, car le moment est venu de collationner mes idées et de les grouper dans le tiroir d'en haut ! S'agit de carburer au phosphore, mes petits agneaux !

Voilà comme l'enfant se présente : je suis coincé en flagrant délit d'attentat contre la sûreté de la République démocratique allemande. J'ai bousillé une quantité de mecs, des installations d'une importance capitale ! Ce qui me vaudra la peine du même nom, soyez-en persuadé !

Ils ne me feront pas de cadeau. J'ai sur moi un matériel très insolite, deux passeports belges ultra-bidons, et un revolver chargé.

Plus qu'il n'en faut, vous le comprenez bien malgré votre air de comte et votre vue basse, pour avoir droit à un régime très particulier.

La guinde continue de valser sur le mauvais chemin pendant un certain temps, puis nous quittons les fondrières de cette voie rurale pour le macadam d'une nationale.

A la densité de la circulation, je comprends qu'on approche d'une ville. Probablement Bautzen ! Je me sens un peu désemparé. D'abord, j'ai horreur qu'on me réveille en sursaut, c'est congénital. Je vais être en renaud toute la matinée.

On traverse des faubourgs populeux. Puis on entre dans une sorte de vaste caserne où des tordus en treillis font la manœuvre...

La voiture traverse l'immeuble quadrilatère de bout en bout pour stopper devant une porte grillagée.

On me fait descendre. Toujours à coups de latte dans les bas morcifs, on me propulse par des couloirs sinistres. Je gravis un escalier. Et me voici enfin dans un immense bureau très administratif. Il y flotte le même remugle que dans les ministères français. Une senteur fade de papier moisi et de poussière chaude.

Un banc vernissé court le long d'un mur blanchi à la chaux. Mes gardes du corps me font signe de m'asseoir. C'est très aimable à eux.

Je pose donc ma partie dodue sur la planche, et j'attends la suite des événements. Je suis nerveux comme un steak de restaurant à prix fixe, et pourtant, tout au fond de mon être, il y a une sorte de paix. Celle que procure le travail bien fait.

L'homme est sur terre pour marner, y a pas d'erreur. C'est là sa vérité quotidienne. Maintenant, si vous trouvez que je philosophe trop, attrapez les *Pensées* de Pascal pour vous reposer la gamberge.

Mes tortionnaires (un mot traduit de l'allemand) me surveillent étroitement. Ils conservent leurs mitraillettes à la main, comme s'il s'agissait d'une paire de gants. Vraiment, avec la meilleure volonté du monde, je ne peux rien espérer. Un geste de ma part, et ils appuient sur la détente.

Attendons !

***

Vingt minutes s'écoulent, et un type fait son entrée, salué par un claquement de talons général. L'homme est jeune. Trente berges au plus. Il est grand, mince, avec une tronche de brochet et un regard énorme. Des lunettes cerclées d'or, aux verres extrêmement bombés sont à l'origine de ce regard proéminent.

Il s'approche de moi, m'examine comme

si j'étais une pépite anormale, puis il bajaffe avec l'un des jules.

Ensuite il m'apostrophe en allemand.

Je hausse les épaules et me tapote les radars de poche pour lui signifier qu'il aurait meilleur compte à s'exprimer en malgache.

La tête de brochet donne alors un ordre. Et deux costauds se mettent en devoir de me fouiller.

On extirpe mes richesses de mes fringues, on les étale sur un bureau où l'arrivant en prend connaissance. Il s'intéresse principalement aux passeports. Les ayant dûment vérifiés, il me sourit.

— Belge, n'est-ce pas ? demande-t-il en français.

Son accent est considérable, néanmoins il manie notre langue sans bavure, je m'en rends vite compte.

— Oui, réponds-je.

— Pour le compte de qui travaillez-vous ?

— Pour le mien. J'ai l'esprit artisanal !

— Je pense que nous avons autre chose à faire qu'à plaisanter ?

— Vous peut-être ! En ce qui me concerne, ma tâche est finie et je peux me le permettre.

— Vous vous appelez Van Debruck ?

— Il en est question sur mes papiers !

— De faux papiers, naturellement ?

— Qui sait !

— En somme, la plaisanterie constitue votre moyen de défense ?

— Je ne me défends pas !

— Vous en avez besoin, pourtant.

— Beaucoup trop besoin ! Ma cause n'est pas défendable !

— Donc vous vous rendez compte de l'énormité de votre acte ?

— Bien sûr, où serait le charme ?

Il lève le bras et me retourne une mandale qui me fait voir une merveilleuse comète que les astrologues avaient perdue de vue depuis 1889.

Ma tronche vibre comme une corde de guitare.

— J'entends que vous changiez d'attitude ! aboie le brochet.

— Si vous me frictionnez les oreilles de cette manière, moi je n'entendrai bientôt plus rien !

— Qui vous a payé pour exécuter ce coup de main ?

— Je travaille à l'œil... Je suis juste nourri et blanchi.

— Blanchi ! Vous êtes optimiste !

— Je vois que nous sommes entre gens d'humour.

Son visage se durcit.

— Je vous parie que vous parlerez !

— Qu'est-ce que je fais depuis un moment ?

Il a un sale sourire. Vraiment le sourire de l'homme sur le point de vous arracher les yeux avec une cuillère à café.

— Vous parlerez du sujet qui m'intéresse...

Je hausse les épaules.

— Mon brave homme, vous avez intérêt à me faire fusiller tout de suite.

— Oh ! rien ne presse... Nous avons du travail à faire, vous et moi, avant d'en arriver là. Une dernière fois, vous renoncez à répondre à mes questions ?

— Définitivement !

— Je vous préviens que vous le regretterez avant longtemps.

— Tant pis.

— Nous avons des moyens très efficaces de rendre un homme bavard.

— Eh bien, employez-les !

Cela dit, je n'en mène pas large ! Il se prépare pour moi un très vilain futur.

La gueule de brochet dit encore des choses à ses sbires et on me fait grimper un nouvel étage. Là, un type en blouse blanche me fait foutre à loilpé. Il me pèse, me photographie, me mesure, prend mes empreintes...

Ces multiples opérations terminées, je suis enfermé dans une cellote pas plus grande qu'un buffet de cuisine. Pas de fenêtre : une simple bouche d'aération. Et une porte tellement blindée que les coffres-forts Fichet, en comparaison, ressemblent à des boîtes de sardines !

CHAPITRE XIII

Dans lequel je constate que l'homme prévoyant doit toujours prévoir l'imprévisible.

Je mijote dans mon trou une bonne partie de la journée. Vers midi — on m'a laissé ma montre — j'espère qu'un geôlier va m'apporter de la tortore, mais je reste sur ma faim, c'est le cas de le dire. Pas le moindre quignon moisi : pas le plus léger brouet... Le Zéro et l'Infini, quoi ! Sans doute veut-on me sous-alimenter pour me rendre plus vulnérable. Ces tarteries savent qu'un type affamé n'a plus son self-control.

N'ayant rien à jaffer, je ronge mon frein. Attendons. Ils vont bien se manifester à un moment ou à un autre.

Mais les heures passent et je demeure plongé dans ce néant exigu. Pas de lumière, pas de bruit. Si j'étais enterré vivant, ce serait exactement du kif !

Assis par terre dans un angle de ma cellule (elle n'a du reste que des angles), je pense que, selon toute vaisemblance, je vais cette fois être bonnard pour engraisser les astects !

Ma saponification est en bonne voie !

Calancher à mon âge, c'est triste. Ça l'est à tous les âges, notez-le ! Seulement on a toujours tendance à croire qu'on va passer à travers les mailles. Chacun se demande si le Barbu ne va pas se décider à créer pour le nouveau Salon le modèle immortel. Pas de l'immortel d'Académie, non, qui, par principe et par esprit de contradiction est sacré immortel au moment où son menuisier favori lui prépare un chouette lardeuss en chêne massif avec poignées d'argent pour la commodité du transport ; mais de l'immortel pour de vrai. Du qui ne lâche jamais la rampe !

Je pense très fort aux bons moments de ma vie : les petits plats et la tendresse de Félicie ; les filles, bien sûr... Les prouesses exécutées dans ma partie. Un vrai kaléidoscope de poche ! Du soleil sur la mer ; du ciné en couleur...

Enfin, quoi ! il faut bien se résigner à

fermer la boutique un jour ou l'autre! Comme disait un veau ami de Bérurier : « On ne peut pas paître et avoir tété ! »

Je m'efforce de surmonter ma mélancolie. Je m'offre même un roupillon ; seulement les crampes d'estomac m'empêchent d'en écraser longtemps...

De temps à autre, je gratte une allumette-bougie et je regarde l'heure à mon oignon.

A quatre heures, je suis alerté par un bruit de pas dans le couloir. Ce bruit stoppe à une certaine distance de ma porte. Et pourtant, je perçois à l'extérieur de celle-ci comme une sorte de grattement menu. On dirait qu'on frotte le chambranle au moyen d'un bâton. Qu'est-ce que ça signifie ?

Ce bricolage insolite continue un bon moment. J'entends grincer le verrou par menues saccades, puis une voix gutturale, qui n'est pourtant pas celle du brochet, crie en français :

— Poussez la porte, monsieur San-Antonio !

Ça me file un frisson dans le dos. Ils ont eu vite fait de dégauchir mon identité véritable, partant de ma photo. A cette désagréable surprise succède une autre surprise, plus troublante : pourquoi me demande-t-on d'ouvrir *moi-même* ma porte ? Est-ce un piège ?

Pour savoir je file un coup de pied dans la lourde. Le vantail part contre le mur. J'avance la tête. J'aperçois une longue perche par terre. A l'autre bout de ladite perche, il y a un soldat pourvu d'un masque. Derrière lui, très en retrait, un petit groupe d'individus que je n'ai pas encore vus.

L'un d'eux hurle :

— Avancez, San-Antonio ! Vous prenez le premier couloir à gauche. Pas de geste inconsidéré ou nous ouvrons le feu sur vous !

Je m'arrête dans l'encadrement.

— Que signifie cette mascarade ?

— Elle signifie que vous êtes contagieux !

» Tous ceux qui vous ont approché depuis ce matin sont morts ou à l'agonie !

Je chancelle.

— Quoi ?

Vous m'avez entendu. Obéissez !

Obéir ! Il en est bien question ! La révélation que vient de me faire le zigoto m'abrutit littéralement. Contagieux ! Le mot à quelque chose d'insoutenable ! Je suis contagieux ! L'enfoiré de Herr Duchnock m'a inoculé sa vacherie. Je porte la cerise sur moi comme la portait Larieux. J'ai repris son flambeau de mort. La drogue du chef de laboratoire m'a peut-être évité la mort, mais elle m'a cloqué la bonne semence ; celle qui distribue les permis d'inhumer !

— Avancez !

J'hésite. Tout à coup, ce trou obscur dans lequel je croupissais me paraît être un havre de grâce. Il constitue un îlot de sécurité à l'intérieur duquel je me sens intangible.

— Venez donc me chercher ! lancé-je. J'ai encore du virus en rabe pour les amis !

Je ne puis retenir un sanglot rentré pareil à un hennissement. Je sais, maintenant, ce que pouvait ressentir Larieux. Je comprends qu'il ait préféré faire camarade avec l'infernale existence.

Je m'assieds dans la cellule. C'est fini. Je ne suis plus qu'un semeur de mort.

— Sortez immédiatement !

— Je vous dis de venir me chercher !

Mon rire part sans que je le désire. Il est faux à hurler, grinçant comme une girouette rouillée.

— Eh bien venez, quoi ! Je croyais les Allemands courageux.

Un silence me répond. Un silence que je sens fertile en décisions nuisibles.

Un peu de temps s'écoule. Je demeure prostré dans mon gourbi. Puis, tout à coup, un truc rond explose devant ma porte avec un vlouff ! de sac en papier crevé. Un nuage de fumée grise, dense et âcre s'en échappe et se répand alentour. Bientôt je n'y vois plus clair. Je tousse comme un sanatorium et je pleure comme un enterrement.

O.K., c'est de bonne guerre, ils me délogent de mon terrier avec un engin fumigène ; ainsi procède-t-on avec les furets.

Je sais illico que toute résistance est impossible. Je sors en levant les fumerons.

*
**

La voix gutturale traverse le brouillard. Je la reçois mollement à travers ma torpeur.

— Tournez à gauche... Ne venez pas sur nous ou nous vous abattons !

Je marche sans trop savoir pourquoi dans la direction indiquée. La voix invisible à cause de l'écran de fumaga continue à me refiler des directives auxquelles j'obéis.

— Continuez tout droit !

Je continue.

— Vous voyez une porte ouverte? Entrez par là! Refermez la porte derrière vous!

J'entre, je referme la porte. La pièce dans laquelle je viens de prendre place est petite. La paroi du fond est constituée par une vitre très épaisse à travers laquelle j'aperçois une autre salle plus grande et garnie de sièges.

En somme, il s'agit plutôt d'une grande pièce séparée par une vitre. Mon côté est meublé d'une table supportant un micro et d'une chaise.

Au bout d'un moment je vois, de l'autre côté de la vitre, entrer l'escogriffe qui parle si joliment le françousse. C'est un zig qui ferait avorter une tigresse. Il a une bouille minuscule avec des douilles en brosse en chiendent et un regard peu commode. Il s'assied dans la pièce et ramasse le fil d'un micro à terre. Il porte la passoire à ses lèvres.

— Vous m'entendez, San-Antonio?

— Merveilleusement.

— Vous venez d'ajouter une dizaine de victimes à la liste des précédentes...

Je le regarde en rigolant.

— La prochaine fois, je tâcherai de faire mieux!

Bizarre, cet interrogatoire à travers la vitre. Celui qui a pris la direction des opérations est encadré par deux militaires habillés en soldats. Chacun de ces deux messieurs tient délicatement dans ses bras une mitraillette au museau noir.

Un instant de flottement passe, au cours duquel l'escogriffe inscrit des notes sur un carnet à reliure spirale.

— Vous êtes commissaire spécial dans les services secrets français, déclare-t-il sans me regarder. Je suppose que ce sont vos chefs qui vous ont envoyé en mission ici ?

— Non !

— Qui alors ?

— La crémière du coin !

Il ne sourcille pas, mais une lueur décourageante brille dans ses vasistas. Je me félicite d'être momentanément à l'abri de cette paroi de verre. Il est probable que sans cet isolement, j'aurais droit à une infusion de rame de châtaignier.

— Nous voulons savoir par quel canal vos supérieurs ont appris l'existence de ce laboratoire de recherches !

— Vous appelez ça un laboratoire de recherches ! C'est plutôt un laboratoire de trouvailles !

Le gars oppose ses deux mains doigts

contre doigts et, d'une pression souple, fait craquer ses jointures.

— Nous savons que les Français brillent par l'esprit, monsieur le commissaire. Mais je n'ai pas le temps de savourer le vôtre.

— Je n'en ai jamais douté !

Il se mord les labiales et une rougeur empourpre sa tête de haineux.

— Mon collègue qui vous a questionné ce matin — et qui est mort — déplorait votre refus de répondre aux questions trop précises.

» Il se promettait d'employer des arguments efficaces pour vous convaincre...

Il passe une langue rose indigestion sur ses lèvres minces.

— Je puis les appliquer, malgré le danger que constitue votre approche.

— Allez-y, j'ai déjà une collection très importante, j'aimerais l'enrichir si possible !

— Soit !

Il se tourne vers l'un de ses gardes du corps et lui chuchote quelque chose dans les feuilles. L'autre acquiesce et disparaît.

Je me demande avec curiosité ce qu'il peut maquiller. L'escogriffe semble tellement sûr de lui que c'en est troublant.

Maintenant je ne me raconte plus de berlues. A quoi bon se passer le tempérament au rose pastel quand il est noir comme une truffe ? Je le sais, que je suis bonnard pour la croisière en Terre sainte ! J'en ai tellement classe de cette équipée que j'en arrive à souhaiter que ça se passe rapidos. Puisque le sort en est jeté, allons-y ! Le plus tôt sera le mieux.

L'escogriffe retrousse ses lèvres, ce qui vaut mieux que de retrousser les jupes d'une dame, et tapote ses ratiches de rongeur avec le capuchon de son stylo.

Moi, j'attends toujours, patient comme Baptiste, (à noter cependant, pour respecter ma franchise proverbiale, que je n'ai jamais connu ce monsieur).

Je sais qu'il va se passer quelque chose, mais j'ignore quoi. Vous vous doutez bien que des pieds nickelés de ce format ne sont pas à court de combines maison pour faire jacter un zig qui s'est carré de l'albuplast sur la menteuse ! Ce qui corse la difficulté, c'est qu'il leur est impossible de m'approcher. Alors là, à moins de me torturer par téléphone en me racontant des histoires tristes, je ne vois pas bien comment ils vont s'y prendre.

L'autre tête moche continue de jouer *Cavalleria Rusticana* sur ses incisives. J'ai rarement vu une face humaine aussi antipathique, je me demande à quoi songeait Mme sa daronne lorsqu'elle l'a conçu ; parce que vraiment, il est inconcevable.

Tout à coup, je perçois au-dessus de ma hure un très léger bruit. Je lève la tronche et je découvre un très léger trou pratiqué dans le plaftard. C'est à cet orifice que naît le bruit sifflant. D'accord, j'ai pigé. Ces tantes me traitent au gaz hilarant cette fois ! Question gaz, ils en connaissent un brin. La ration qu'ils me distribuent, c'est pas le modèle camping !

Ça arrive à toute vibure et il ne faudra pas longtemps pour substituer cette vacherie à l'oxygène de la pièce.

Le grand vilain pas beau m'interpelle.

— Vous avez compris, monsieur San-Antonio ?

— Magnifiquement. Vous me prenez pour un ballon rouge ?

Je hume l'odeur fade qui emplit mon local. Ça sent l'amande amère, lorsque je respire, une douleur aiguë me scie la poitrine.

Ce mal va croissant et ça devient carrément intolérable. Il me semble que j'ai du vitriol dans les poumons.

— Si vous parliez, lance mon vis-à-vis, nous pourrions évacuer immédiatement le gaz par un système de ventilation très ingénieux.

— C'est votre cerveau qu'il faudrait ventiler, m'écrié-je. Il doit y avoir du monde sur la ligne, ou alors des fils qui se touchent parce que ça ne m'a pas l'air de carburer normalement !

Il hausse les épaules. A-t-il seulement pigé ce que je lui dégoise ?

Je me mords sur ma table. Je crois que jamais je n'ai tant souffert. Tout l'intérieur de mon corgnolon est à vif. Je ne suis plus qu'une torche vivante. J'essaie de ne pas respirer, mais j'en ai tellement pris l'habitude depuis que je suis au monde que ça m'est impossible.

En chancelant je vais à la lourde.

— Inutile ! m'avertit la voix métallique du tortionnaire. Tout à fait inutile, elle est bloquée par une barre de fer descendant du plafond.

Il dit vrai. J'ai beau tabasser la lourde, elle ne bronche pas d'un millimètre.

— Alors ? insiste la voix.

Je voudrais lui cracher mon mépris dans les trompes d'Eustache, lui dire qu'il a le bonjour, que ni la mort ni la douleur ne me feront parler... mais j'ai trop mal pour exprimer mes pensées.

Parler ! Il en a de bonnes. Lui dire quoi ? J'ignore tout du réseau créé ici par feu Larieux !

— Si vous vous obstinez, continue le gars, d'ici cinq minutes vous serez mort, monsieur le commissaire.

Maintenant je suis affalé sur la table supportant le micro. Le regard trouble, je considère à travers la vitre, la vilaine bouille du monsieur. Son sourire important me fait presque aussi mal que la saloperie qu'il m'envoie !

J'ai un sursaut de colère. Je réalise brusquement qu'une feuille de verre nous sépare. Simplement une plaque de quelques centimètres. Et je réalise autre chose itou : mon tabouret est en fer.

Je fais mine de m'écrouler. Cela me soustrait aux regards de mes vis-à-vis, car le large hublot est enchâssé dans un cadre de cinquante centimètres.

J'empoigne le tabouret par un pied et je bande mes muscles. Ma volonté est si forte que j'oublie ma souffrance pour quelques secondes. Ma force me revient, intacte.

Je me redresse et, de toutes mes forces, j'envoie le siège dans la vaste plaque de verre. J'ai visé le centre, point que j'estime plus vulnérable. L'escabeau retombe sans avoir brisé la vitre. L'autre, en face, éclate de rire.

— Vous croyiez avoir affaire à une glace de salon, monsieur San-Antonio ?

Saisi d'une fureur éléphantesque, je reprends mon escabeau et je me précipite contre la vitre. Celle-ci est conçue pour résister à l'assaut d'un homme, mais pas à celui d'un bulldozer. Or, je ressemble présentement davantage à un bulldozer qu'à un homme.

Mon second coup de boutoir provoque un claquement semblable à celui d'une détonation. Le panneau vitré fait des petits. C'est de la glace Sécurit et il se répand instantanément sur le carreau. Changement de programme chez les vis-à-vis qui sont décontenancés par ma réussite. Ils sont affolés à la fois par le gaz qui radine de leur côté et par ma présence physique...

Ils refluent vers la lourde. L'homme à la mitraillette essaie de me filer une seringuée de prunes, mais dans sa précipitation il envoie la fumée au plafond...

Je saute au bas du cadre et je leur cavale au panier. Il ne s'agit pas de leur laisser refermaga la lourde. Ils n'y songent pas d'ailleurs... C'est le sauve-qui-peut des grands jours, style Stalingrad !

Je débouche dans un couloir et l'air frais m'étourdit. Ça fait bang-bang dans ma ruche comme si je franchissais le mur du son. En réalité, c'est celui de la mort que je viens de sauter.

Je me reprends. Le feu qui me tord les soufflets s'apaise un peu... J'ai mieux à faire que de jouer les fillettes émotives.

C'est marrant de jouer les terreurs. Quand j'étais minus, j'avais visionné une toile du cinoche de mon quartier, qui m'avait collé les flubes pendant des nuits et des nuits. Il était question d'un singe de cauchemar, démesurément grand, formidablement fort, devant lequel tout le monde mettait les adjas en quatrième vitesse !

C'est à mon tour maintenant de jouer le King-Kong. Cours-moi-après-je-t'attrape ! Les femmes et les enfants d'abord,le capitaine devant ! Mon approche jette la panique...

Je fonce dans le couloir. Les fugitifs tournent à gauche, probable que c'est la direction de la sortie. Je continue à faire le forcing sur leurs chausses. Notez que s'ils se retournaient pour m'envoyer le potage, je tomberais raide, m'ajuster étant aussi fastoche que de buter une vache dans une chambre de bonne ! Mais ils ont trop les glaglas !

Au bout du couloir se trouve une salle ronde, comme on en voit dans les prisons. Les mecs sont affranchis par les arrivants et la plupart foutent le camp, sauf deux, plus malins, qui ne veulent pas calancher sans avoir eu la médaille des braves et qui sautent à pieds joints sur leurs arquebuses.

Je me précipite sur le plus proche. A ta santé, fiston ! Il prend ma boîte crânienne dans sa boîte à ragoût. Rien de tel qu'un coup de boutoir dans le cimetière à poulet d'un zouave pour lui enseigner le self-control.

Il part à dame, en lâchant sa poinçonneuse. Je la récupère. Le second lève justement la sienne. Je me jette à plat ventre et c'est le premier collègue qui dérouille la camelote dans les tripes. Avec ça dans le baquet, il ne pourra pas aller faire ses Pâques, car il n'est plus à jeun. Je me relève et tire dans la direction du mitrailleur d'élite. Il en chope une douzaine dans le pare-chocs. D'un œil c… il bigle le raisin qui lui coule du bide comme le vin coule d'un tonneau troué.

Je lui souhaite le bonsoir et je cavale en direction de la porte principale. Une espèce d'enflure l'a bouclée. Rien à faire pour se tailler par là... Je prends à droite. Tout au bout, il y a la lumière mourante du dehors... Je parviens dans la grande cour qu'on m'a fait traverser en arrivant. Là aussi c'est le branle-bas de combat. Des gars s'affairent en criant. Tous refluent vers les bâtiments. Je m'arrête pour gaffer la situation. Dans l'angle de la cour se trouve un mirador. Et au haut dudit mirador, un zig braque sa mitrailleuse vers moi.

Mauvais pour la santé, la mitrailleuse. Ça vous coupe un type en deux aussi facilement que vous détachez l'une de l'autre deux feuilles de papier hygiénique.

Je n'ai pas le temps de sauter en arrière. Il se met à vaser de la prune d'automne dans la région. Les balles crépitent sur la façade et ricochent un peu partout. Plaqué derrière la lourde, j'attends la fin de l'orage : une mitrailleuse doit être rechargée, c'est fatal. Lorsque le tireur d'élite aura vidé son magasin, il devra placer une nouvelle bande dans sa machine.

Cela me laissera une minute de répit. Une minute au cours de laquelle je pourrai essayer quelque chose.

Lorsque la salve cesse, je risque le tout pour le tout !

Car enfin, si le mitrailleur est un garçon précautionneux, il aura conservé une réserve de prunes pour parer à une ruse.

Je fais un pas dehors. J'avise l'autre truffe qui fait fissa pour placer sa nouvelle bande. Ce gars-là doit avoir un cerveau à peine plus gros qu'un bouton de bottine. Je me lance dans la cour et hardi petit ! je ne m'occupe ni de l'heure ni du temps qu'il fait. Un seul objectif : la grande lourde qui bâille comme un spectateur de Claudel. La distance décroît entre le mec Bibi et le large vantail. Tout en galopant comme un perdu, je me dis que si les autres ont l'idée de dégainer leurs rapières depuis les bâtiments, ils pourront me tirer comme un lapinot des champs. En attendant, je cours comme un garenne. Plus que dix mètres... Plus que huit... Ma respiration se bloque, mais mes cannes s'agitent encore.

Le tac-tac de la mitrailleuse reprend alors que j'atteins le portail. Seulement le préposé a dû faire ce qu'en langage cinématographique on nomme un filage, c'est-à-dire qu'il a dû faire décrire un arc de cercle à sa mécanique. Dans sa précipitation il l'a trop piquée et les balles arrivent à un mètre de mes talons. Lorsqu'il a rectifié l'angle, il a le bonjour d'Alfred, puis celui de San-Antonio. Je suis hors de la prison-caserne...

Devant moi s'étend une route plantée d'arbres. J'aperçois une bicyclette rangée au bord du trottoir. Elle appartient sans doute à un soldat. Je saute dessus et je pédale sec. Mon démarrage surprendrait Altig soi-même. En moins de temps qu'il n'en faut à une péripatéticienne pour se déloquer, j'ai pris deux cents mètres. Je me retourne. Personne n'apparaît... Je fonce à droite. Puis à gauche, au fur et à mesure que des chemins s'offrent à moi. Je suis ivre de liberté, ivre de joie...

Il faut que j'atteigne la ville. Là, j'essaierai de me planquer, parce que si je tente ma chance dans la campagne environnante, leurs sacrés chiens auront vite fait de me repérer !

Et j'appuie sur les manivelles ! Et je force cramponné au guidon. Le vélo est trop petit pour ma taille, mais qu'importe.

Je me sauverais sur une trottinette s'il le fallait !

Pourvu que ça roule, que ça me déplace, que ça m'emmène !

Le pédalier grince un peu. C'est pour mes oreilles meurtries la plus suave des musiques.

Je fonce, la bouche ouverte comme une gargouille moyenâgeuse… La poitrine haletante. Bobet dans le Galibier, croyez-moi, c'est de la gnognote en comparaison. Même chez Mme Arthur on n'est pas plus fortiche sur la pédale !

CHAPITRE XIV

Dans lequel vous verrez que je n'ai plus peur des mouches.

Au fur et à mesure que j'entre dans la ville, la nuit se précise. Les hautes maisons commencent à la recevoir, et leurs premières lumières l'accentuent au lieu de la refouler.

Je me trouve dans une cité populeuse et je ne suis plus seul maintenant à rouler à vélo. Personne ne prête attention à moi, ce qui me rassure.

Tous ces gens sont de braves gens qui n'ont qu'une hâte : rentrer chez eux pour bouffer leurs saucisses au chou, rendre hommage à leur dame et se payer une ronflette.

Je vadrouille un moment encore comme

ça. Et puis je m'arrête pour reprendre haleine et statuer sur la conduite à tenir.

Ma situation n'est pas brillante. Evidemment des battues gigantesques vont être entreprises, ct pour passer à travers, il me faudra la précieuse collaboration de mon ange gardien. En voilà un qui fait des heures supplémentaires sans se faire carmer le tarif double, vous pouvez me croire.

Je laisse la bécane dans un coin d'ombre et je fouille mes poches avec frénésie dans l'espoir d'y dénicher un peu de fricotin. Ces vaches-là m'ont griffé tout l'artiche que je possédais, et je me sens aussi perdu, sans flouse, dans ce patelin, qu'un suppositoire dans le rectum d'un fakir.

J'ai beau explorer mes profondes, je ne trouve rien. Je ne possède plus que ma montre, et elle est en acier !

Voilà qui rend ma position on ne peut plus précaire.

Je suis tiraillé par la faim, ravagé par la fatigue. Je m'attends à tout bout de champ à voir surgir des soldats en armes qui me liquideront sans sommation ; car maintenant je suis un être nuisible.

Or les êtres nuisibles on les abat purement et simplement.

Sans cérémonie…

***

Seulement, j'ai beau réfléchir, je ne trouve aucune solution valable pour mon cas. Que peut espérer un homme qui sème la mort autour de lui ? Préoccupé par mon évasion, je n'ai plus pensé lucidement à cette question. L'action m'avait masqué momentanément cette ignoble vérité.

Un coup de sifflet strident éclate au bout de la rue où je suis. Aussitôt les gens s'écartent et je vois radiner des motocyclistes casqués, portant des pistolets mitrailleurs sur la poitrine.

Ils sont quatre et roulent à petite allure en regardant attentivement les passants. Je pense que d'ici trente secondes ils seront là. Si je fuis ils me donneront la chasse. Si je reste piqué sur mes radis ils m'apercevront et me liquideront !

Je vois, à côté de moi, une petite femme vêtue de noir. Elle peut avoir une quarantaine d'années. Elle est rondelette et surbaissée. Je me jette sur elle, l'encercle de mes bras et pour étouffer ses cris, je lui roule un patin désespéré. Franchement elle n'y comprend rien, la donzelle. Ça la sidère, ce comportement. Elle se dit sûrement que j'ai une araignée dans le plafonnier, mais tout compte fait, un mimimouillé pareil est bon à encaisser et elle ne regimbe pas trop.

En l'embrassant je la tue. Seulement ce soir l'humanité me fait l'effet d'être une gigantesque nécropole, et ça ne m'émeut pas plus de buter cette souris noire que d'écraser une punaise avec ma pantoufle dans un hôtel de campagne.

Après tout, il n'est pas fréquent de choper la mort de cette façon agréable. Méthode chintock, les gars ! La volupté éclairant le monde avec une lanterne rouge de bobinard !

J'entends passer les motards. Les gars ne sont pas sollicités par la vue d'un couple qui s'étreint. Ils ont d'autres chats à fouetter (si j'ose ainsi m'exprimer).

Leur pétarade décroît. Je lâche la dame qui me file un regard béant de stupeur.

A franchement parler, je ne sais trop comment me comporter maintenant. J'en ai trop fait ou pas assez ! Si au moins nous pouvions converser. Mais, malgré ce patin fignolé princesse, nous n'avons pas la même langue.

Essayant de rendre ma frite plus expressive qu'un calendrier des postes, je lui décoche un sourire bouleversant. Puis je lui demande à tout hasard :

— Parlez-vous français ?

Elle secoue négativement la tête. Je dois alors avoir recours à des mimiques. Employant au maxi l'art du mime Marceau, je lui fais piger que je suis un petit Français paumé ici, que je l'ai confondue avec une fille que je connais et que je m'excuse pour mes façons fougueuses. Elle sourit enfin.

Je ne puis vous traduire toutes nos singeries, toujours est-il qu'une demi-plombe plus tard, je me retrouve chez la dame, laquelle est veuve de guerre.

Elle crèche dans une gentille maisonnette en compagnie de sa vieille moman, laquelle est complètement cisaillée. Elle passe ses derniers jours dans un fauteuil, en bavochant. Drôle de compagnie.

Vous avez entendu dire par des gens compétents que les Allemandes ont le valseur accueillant ; c'est vrai. Et ça l'est d'autant plus que vous êtes français. Que nous le voulions ou pas, nous jouissons outre-Rhin d'un préjugé favorable question fignedé !

Les bergères de par là ont tendance à croire que nous détenons des formules ignorées des autres peuples pour faire mettre les doigts de pied en bouquet de violettes. Le plus formide, c'est que c'est vrai.

Arrivés *at home,* la veuve Fritzou m'invite à dîner. Inutile de vous dire que je ne fais pas de chichis. C'est accepté d'office ! On fait gober un café au lait à la vieille déplafonnée pour se débarrasser d'elle et je la roule jusqu'à sa chambre.

Tandis que la veuve Poinetch borde moman, je vais dans sa salle à manger me servir un grand godet de chnaps. Je suis ici en terrain conquis. La radio joue en sourdine. Il fait doux. On est bien. Si j'avais un cierge à portée de la main, comment que je le ferais brûler à mon saint patron ! Dites, ça ne tient pas du miracle, mon aventure ? Quinze secondes de plus et je me faisais démolir... Et voilà que tout s'arrange merveilleusement.

Ayant dégusté mon verre, je m'approche du poste de radio et je tourne le bouton. Si jamais la bonne dame écoutait les informations, elle changerait peut-être d'attitude envers moi.

Pour plus de précaution, j'arrache trois ou quatre fils dans la carcasse du poste afin de m'assurer de sa discrétion absolue.

Puis je me carre dans un douillet fauteuil et j'attends le retour de mon hôtesse.

Celui-ci ne tarde pas. La charmante personne en a classe de la daronne siphonnée et elle aimerait se consacrer un peu à moi.

Elle a eu le temps de troquer son méchant tailleur noir contre une robe mal coupée qui la fait ressembler à une poupée de foire. D'autant plus que, pour se rendre plus *sexy*, elle s'est collé sur la frime trois livres et demie de fards divers. Pour lui ôter ça, maintenant, faudrait un couteau à mastic. Si je l'embrasse, je suis certain de ressembler à Œil de Larynx, le célèbre chef indien de la tribu des Ma Lapri.

Elle s'excuse pour la vieille moman et m'explique que la digne dame a été percutée par un bombardement au cours de la gentille dernière. Elle a chopé une bombe sur la théière une nuit qu'elle dormait au troisième étage d'un immeuble. Quand elle s'est réveillée, la vioque se trouvait au rez-de-chaussée et le reste de la cabane lui servait de couvre-pieds...

Lorsqu'elle m'a affranchi, à grands renforts de gestes et d'onomatopées, elle se met à faire la dînette. Ma conquête me semble aussi douée pour la cuistance que moi pour la détection des gisements de gruyère ! Je me dis que son bonhomme a eu meilleur compte de rester sur le champ de bataille. Mieux vaut finir d'un éclat d'obus que d'un éclatement du foie.

Vous dire le nom du plat unique qu'elle me sert serait un tour de force. Je crois bien qu'il n'a jamais été baptisé. Il se compose de viande hachée, de choux à l'eau, de crème battue et de lard plus gras que les Peter Sisters. J'ai tellement faim que j'en mange.

Le repas (il n'y a pas d'autres termes pour qualifier l'exercice auquel je viens de me livrer) terminé, la môme m'entreprend pour savoir ce que je maquille dans son pays. Je noie le poiscaille en lui montant un barlu équipé par les Messageries Maritimes, comme quoi je gratte dans l'aviation et patati et patata... Mes explications vaseuses finissent par lui faire croire qu'elle n'est pas sur la bonne longueur d'onde, et elle décroche.

Le meilleur moyen de faire taire une dame, c'est, croyez-moi, de l'embrasser. Elles sont en général polies et n'ignorent pas qu'on ne parle pas la bouche pleine.

Ce n'est pas que cette petite boulotte rondouillarde m'inspire, oh non ! Mais sa gentillesse à mon endroit, et même à mon envers, me donne envie de lui revaloir ça à ma façon. Oubliant qu'elle pèse trente kilos de trop et qu'elle est pourvue d'un strabisme divergent, je fais comme si c'était Sophia Loren mâtinée de B. B. Un sofa déplumé, mais accueillant, nous reçoit dans ses bras. J'entonne la « Valse des Patineurs » tandis que je lui joue un air de balalaïka à la jarretelle. La petite veuve (elle se prénomme Hildegarde) se croit du coup au palais des Délices. Pour me prouver que je ne suis pas tombé sur une ignorante, elle me découvre des voluptés orientales inconnues à ce jour : « Le Pipe-Line enchanté », « Fez en joie » et surtout, un numéro vraiment avantageux : « La fumée ne me dérange pas. »

Pour la remercier, je lui apprends « Potron Minette » et un vieux truc qui n'a pratiquement plus cours à notre époque, on se demande pourquoi : « La balayeuse municipale. »

Ces politesses échangées, nous nous endormons sur son divan comme deux bons petits diables.

***

Je m'éveille au petit matin, avec les moltbocks en coton hydrophile, et une gueule de bois en noyer massif ! Un jour fade entre par la fenêtre. Je bâille et, tout en ouvrant des yeux neufs sur le plafond crayeux, je regarde ma partenaire de la veille. Elle repose à mes côtés, immobile, sans vie. Mes crins se hérissent à cette pensée. Elle est morte pendant son sommeil et moi, épuisé, je n'ai pas eu la moindre conscience de son agonie !

Je crois que j'atteins le fin fond de l'horreur. Vous réalisez un peu le topo, bande de dévastés du grenier ? J'ai donné la mort (et l'amour, d'accord) à cette brave fille ; et puis j'ai ronflé à ses côtés, la laissant canner sans l'assister !

Ah ! c'est abominable !

Surtout qu'elle n'est pas ma seule victime ! La vieille noix à côté doit être scrafée itou… Et les gens que j'ai côtoyés dans les rues, hier ! Je suis un danger public ! Un fléau ! Si je suis encore un homme (et je crois l'avoir prouvé à Mme Choucroute-Garnie) il ne me reste plus qu'à me détruire moi-même pour épargner mes contemporains.

Je saute du lit. Je suis froid comme un nez de chien esquimau !

Oui, tout est fini pour moi. Je vais écrire une lettre au Vieux, un mot à Félicie et puis après... Après, j'espère qu'il y a le gaz de ville dans cet appartement !

Un bruit me fait sursauter. J'ose ce que je me refusais de faire : je file un coup de périscope dans le pageot. Et qu'est-ce que je vois ? La mère Hildegarde qui me sourit tendrement.

Je titube. Qu'est-ce que ça veut dire ? Elle est toujours en vie ? Je me précipite à son côté et je caresse son front. Pas la moindre trace de sueur, pas de fièvre. Elle respire normalement et elle paraît vachement heureuse d'être au monde et d'y voir clair.

Quoi ! Ne serais-je plus contagieux ? Enfin, j'aimerais savoir ! j'aimerais piger !

Je galope à la chambre de la vieille Zizi. Cette honorable dame dort encore. Le bruit qu'elle produit en ronflant n'est pas sans évoquer un turbot-réacteur (le poisson de l'avenir). Elle se porte bien... Vous allez me dire que lorsqu'on a chopé une bombe d'une tonne et un immeuble de six étages sur l'estom, on ne se laisse pas impressionner par des virus à la gomme, mais enfin, tout de même !

Je danse une gigue endiablée ! L'expression n'est pas de moi, mais il est plaisant d'user de clichés lorsque ceux-ci s'adaptent à une situation précise.

Je gambade dans l'appartement sous le regard angélique et fervent de ma belle de noye. Ce qu'il y a de merveilleux chez cette nana, c'est qu'elle ne cherche pas à comprendre. Je me livre aux pires excentricités avec elle, ça ne la fait pas sourciller d'un poil. C'est d'autant plus fabuleux que la plupart des bergères, vous ne l'ignorez pas, veulent toujours en savoir plus que vous n'en savez vous-même ! C'est un vice de plus chez elles !

Pas un poulet qui puisse leur faire la pige, sur le plan interrogatoire ! Les vers du nez ! c'est leur spécialité. Pour vous ponctionner les confidences elles ont des méthodes brevetées.

Cet élan calmé, je me penche sur l'aspect scientifique de la question. D'où vient que je ne sois plus contagieux ? Larieux l'est resté jusqu'à sa mort, lui ! Hier matin, j'ai collé la crève à ceux qui m'ont arrêté, et le soir du même jour, je ne coltinais plus la mort ?

Je m'assieds devant le bol de café au lait servi par Hildegarde. Je repasse par la pensée (ce qui est aussi bien qu'avec un fer électric Calor) les événements de la veille.

Et tout à coup je me revois, lors de mon arrestation, me roulant par terre pour écraser les ampoules ! Parbleu, la voilà la vérité ! Ça n'est pas moi qui ai bousillé mes tortionnaires, mais le coffret de bois ! Ils sont venus chercher leur mort dans mes poches, les couillons !

Ah ! c'est à se cogner le prose sur une bordure de trottoir pour essayer de la rétamer.

J'avale mon caoua à petites gorgées voluptueuses. Je suis pur, mes enfants ! Le mecton qui vient de naître est plus riche en germes que Bibi !

La vie est belle !

Je n'ai plus peur des mouches !

CHAPITRE XV

Dans lequel, pour « être »,
il faut que j'aie l'air d'en « être » !

Neuf heures moins le quart carillonnent au beffroi de ma montre-bracelet lorsque la môme Hildegarde s'en va.

Cette charmante hôtesse marne dans un magasin, si j'ai bien compris. Ce qu'elle vend par contre, n'est pas très évident. Pour me l'expliquer elle a décrit des gestes vagues avec une fourchette, gestes desquels il est permis de déduire qu'elle brade soit des couverts, soit des démonte-pneus.

Bien sanglée dans son tailleur noir, la hure peinte en guerre, le mollet gainé de jolis bas de coton, le chef sommé d'un large béret agrémenté d'une perle, d'une plume et d'un petit bateau en matière plastique, elle me roule le dernier patin de la matinée en me recommandant sa bonne vieille maman.

Je la rassure et je surveille son départ. Embusqué derrière la fenêtre, je la regarde grimper dans un tramway. *Gi!* Maintenant c'est à ma pomme de jouer. Et mon petit doigt me dit qu'il faut faire vite. La veuve Achloff va sûrement acheter un baveux ou parler à des aminches. D'ici très peu de temps elle saura qui elle a hébergé cette noye et ma position deviendra alors nettement critique.

Je dois donc m'évacuer ; seulement, toujours le même problo : traqué par les bourdilles, sans fafs et sans pognon, c'est un tour de force difficile à réaliser...

Je fais le tour de l'appartement, en quête d'une inspiration. Et c'est dans la carrée de la mère Follette que je la déniche.

La robe de cette dame est posée sur un dossier de chaise. Ça me permet de voir qu'elle est longue et large, sa propriétaire étant grande et grosse ! Un jour, avec des potes, on s'était travestif. Moi, je m'étais déguisé en Carmen et personne voulait croire que j'étais un vrai monsieur. Pourquoi ne tenterais-je pas un petit changement de sexe provisoire ?

Je vais ouvrir l'armoire de la déplafonnée

et je n'ai que l'embarras du choix. J'opte pour un tailleur noir. Ici, beaucoup de femmes sont taillées à coups de hache. Le genre hommasse est très courant.

Je me déloque, je passe un corsage blanc (il pend un peu sur le devant, mais qu'importe) et j'enfile le tailleur. Ça craque aux épaules. Faudra pas que je fasse des mouvements trop larges, sans quoi je me fendrai comme un fruit mûr.

Ça me forcera à avoir du maintien.

Je trouve des bas gris, je les mets et les fais tenir avec des morceaux d'élastiques hâtivement transformés en jarretière.

Je me sens grande folle dans cette tenue. J'ose pas me rencontrer dans une glace. J'ai un côté « Bonsouar, peutite médéme » qui me vaudrait une entrée gratuite au Fiacre.

Je continue de farfouiller dans les tiroirs de la commode, puis dans ceux de l'armoire. Je dégauchis une boîte en coquillages contenant du flouse. Il y a deux mille marks, les éconocroques de la môme je présume. J'hésite, c'est vache de lui secouer son auber, mais quoi ! pour moi c'est vital. Je tâcherai de lui revaloir ça un jour ! J'enfouille le fric. Je me farde copieusement : rouge aux lèvres, aux joues, noir aux chasses... Je me colle un vieux bibi sur le dôme. Puis je chope le livret de famille (ou assimilé) de la vieille. Ensuite je mets mes nippes dans une vieille valoche à soufflets et je déhote, fier comme Bar-Tabac !

***

Je sors de l'immeuble, très droite (bon, v'là que j'emploie le féminin pour parler de moi à cette heure ; pourvu que l'incident ne me branche pas sur une voie de garage). A peine ai-je fait dix pas que j'ai des fourmis dans le pétrousquin !

Figurez-vous que la petite Hildegarde radine, le masque ravagé comme celui de Mme Marie Bell quand elle joue *Phèdre !* Elle est flanquée de trois hommes dont les fringues civiles ne cachent pas la profession. Je me dis que j'ai été bien inspiré en me déguisant. Bien inspiré surtout en mettant les bouts aussi vite. Elle n'a pas perdu de temps, la reine du « pipe-line » ! Dès qu'elle a aperçu les gros titres des baveux elle s'est dégrouillée de foncer chez les Royco ! Oubliés, les belles pages d'amour, les exercices périlleux, les initiatives délicieuses ! La v'là qui se ramène avec les archers pour la cueillette du mec ! Elle a encore le goût de mes baisers aux lèvres, et elle m'envoie à la cabane aux mille lourdes ! Ça, c'est toute la femme. Elles ont la délation chevillée au radada ! Voyez l'histoire criminelle : c'est à cause des gerces que sont tombés tous les grands caïds de la pègre, les Dillinger et consort ! Les voilà bien, les amies qui vous veulent du bien. Quand elles ont bien pris leur fade, elles vous balancent aux ordures ! loin du slip, loin du cœur !

*
**

Bien que je m'estime méconnaissable, je me plante devant une vitrine pour laisser passer le cortège. Après quoi, je me hâte vers la gare.

C'est peut-être risqué, mais j'ai idée qu'en chiquant à la sourde-muette, je vais pouvoir me faire délivrer un bifton pour Leipzig !

Dans cette ville, j'ai un aminche qui gratte pour les services et qui saura me faire regagner Pantruche.

Ne pouvant demander ma route, je cherche la gare au pifomètre, et comme je tiens une période de veine, je la trouve du premier coup !

Mes dons de mime doivent être de première car je me fais comprendre uniquement par gestes.

Le même soir, après un voyage sans incident, je pousse la porte du magasin de disques tenu par mon collègue, à Leipzig.

Cadot, c'est un grand type réfléchi qui n'a pas plus de cheveux qu'une bonbonnière en opaline.

Il s'avance vers moi, l'air grave et m'interroge en allemand.

Je l'interromps :

— Parlez-vous français ?

Surpris il murmure :

— Oui, madame. Que désirez-vous ?

— Un costard et un coup de gnole, ma vieille tête de pinceau usagée !

Et de lever un coin de ma jupe sur mes jambes poilues pour lui faire voir que je ne suis pas celle qu'il pense !

ÉPILOGUE

La Méditerranée scintille jusqu'à l'infini. Les paillettes de quartz constellant la plage immense, brillent d'un même feu. Il fait soleil et l'air embaume le mimosa.

J'avance le long des chaises longues alignées en rang d'oignon, à la recherche de Félicie. A l'hôtel, on m'a dit qu'elle était sur la plage. Je me sens follement heureux de vivre et de pouvoir renifler ce merveilleux soleil. Le cœur battant, je cherche m'man dans ce populo. C'est bourré de vieilles Anglish, de mirontons à revenus, et de pépées entretenues par leurs amants ou leurs maris.

Enfin j'avise un corsage mauve que je reconnais. Je fonce.

Oui, c'est bien Félicie, ma brave femme de mère. Elle pousse un cri, se dresse :

— Mon grand ! Te voilà !

Je serre sa vieille poitrine contre moi. Je

renifle l'odeur tiède et triste de ses cheveux gris. Comme chaque fois que je la retrouve, quelque chose me serre le gosier.

— Oui, m'man, me voilà !

— Eh bien, tu n'as pas été long ! C'était une petite mission de rien du tout, je parie ?

— Une toute petite mission presque administrative, m'man…

*
**

Elle se dégage de moi et, confuse, murmure :

— Il faut que je te présente Mlle Paulette. Nous sommes devenues une paire d'amies à la pension. Peut-être parce que nous étions seules !

Elle me susurre à l'oreille :

— C'est une jeune fille très convenable.

Je me penche sur la chaise longue voisine de la sienne, m'attendant à trouver une mochetée quelconque. Mais j'ouvre grand le bec en découvrant une adorable petite jeune fille blonde, bronzée comme une réclame pour l'ambre solaire.

— Je vous présente mon fils dont je vous ai parlé, dit Félicie.

Félicie a dû soigner la publicité de son

chiar, car la gosse me décoche un regard brillant de convoitise.

Alors, très mondain, je me penche sur la jeune fille convenable. Me voilà paré, les mecs ; elle a des seins comme je les aime.

FIN

Achevé d'imprimer le 18 mai 1984
sur les presses de l'Imprimerie Bussière
à Saint-Amand (Cher)

Nº d'Impression : 679.
Dépôt légal : juillet 1984.

Imprimé en France

PUBLICATION MENSUELLE